皇后陛下御歌集

瀬音《せおと》

増補改訂版

大東出版社

堀文子作

皇后さまのお印である白樺を描いたもの。お印は、皇室の方々がお身のまわりのものにおつけになる印章で、他の方のお持ちものと区別するためにお用いになります。植物をお印になさることが多く、字でお書きになることも、図案になさることもあります。この絵は蔵書票をお作りになる折、長年ご親交のおありになった堀さんにご依頼になり製作されました。

皇后陛下御誕生日

平成30年10月

即位礼当日賢所大前の儀
及び皇霊殿・神殿に奉告の儀
（帛御装束）
平成2年11月

天皇陛下御誕生日、一般参賀

平成 29 年12 月

全国豊かな海づくり大会
（熊本県）
平成 25 年10 月

フローレンス・ナイチンゲール記章授与式に
ご臨席の皇后陛下
平成13年6月

兵庫県南部地震に伴う被災地お見舞い

平成7年1月

東日本大震災に伴う被災地お見舞
被災者から水仙の花束を受け取られる
（宮城県仙台市宮城野体育館）
平成23年4月

子どもの日にちなみ，認定こども園
ゆうゆうのもり幼保園を御訪問
（神奈川県横浜市）
平成 20 年5月

ご家族で
（東宮御所お庭）
昭和 51 年5月

天皇陛下が撮影された皇后さまのお写真
（奥日光・学習院光徳小屋）
昭和38年10月

天皇陛下が撮影された皇后さまのお写真
（御所のお庭）
平成 21 年4月

御所のお庭のユウスゲの花の中で

平成 25 年7月

瀬音

目次

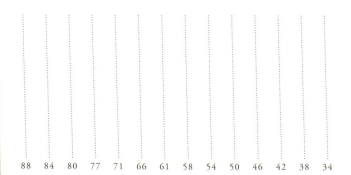

皇后陛下御歌集

瀬音

昭和三十四年

常磐松の御所

黄ばみたるくちなしの落花《らくくわ》啄《ついば》みて椋鳥《むくどり》来鳴く君と住む家

てのひらに君のせましし桑の実のその一粒に重みのありて

土の上にいでしばかりの眠《ねむ》り草《ぐさ》触れて閉《と》ざしめ朝《あした》遊べり

昭和三十五年

歌会始御題　光*

光たらふ春を心に持ちてよりいのちふふめる土になじみ来

みづからの

吾命《あぎのち》を分け持つものと思ひ来し胎児みづからの摂取とふこと

春空

つばらかに咲きそめし梅仰ぎつつ優しき春の空に真むかふ

香淳皇后御誕辰御兼題

浩宮誕生

含《ふふ》む乳《ち》の真白《ましろ》きにごり溢れいづ子の紅《くれなゐ》の唇生きて

あづかれる宝にも似てあるときは吾子《わこ》ながらかひな畏《おそ》れつつ抱《いだ》く

昭和三十六年

若

若菜つみし香にそむわが手さし伸べぬ空にあぎとひ吾子《わこ》はすこやか

緑

はろけくも海越えて来しさ緑の大谷渡《おほたにわたり》新芽《しんめ》つけたり

昭和天皇御還暦御兼題

東久邇成子様薨去
御舟入の儀

新しき貴《たか》きいのちの歩みここにはじめまさむか御靴《おんくつ》まゐらす

旅

若き日の旅遠く来ぬ熱帯の海青ひかりブーゲンビリア咲く

アデン

昭和三十七年

歌会始御題　土

ふと覚《さ》めて土の香《か》恋ふる春近き一夜《ひとよ》霜葉《しもば》の散るを聞きつつ

薔薇

剪定《せんてい》のはさみの跡《あと》のくきやかに薔薇《さうび》ひともといのち満ち来ぬ

香淳皇后御誕辰御兼題

紺青

いづくより満ち来しものか紺青《こんじやう》の空埋《うづ》め春の光のうしほ

昭和天皇御誕辰御兼題

熊本県慈愛園子供ホーム

吾子《わこ》遠く置き来《こ》し旅の母の日に母なき子らの歌ひくれし歌

昭和三十八年

歌会始御題　草原

耕耘機若きが踏みて草原の土はルピナスの花をまぜゆく

宮崎県伝修農場

珠

白珠《しらたま》はくさぐさの色秘むる中さやにしたもつ海原《うなばら》のいろ

香淳皇后御誕辰御兼題

昭和三十九年

歌会始御題　紙

まがなしく日を照《て》りかへす点字紙の文字打たれつつ影をなしゆく

永日

淡雪を庭のかたへに残しつつゆふべほの白く永き春の日

香淳皇后御誕辰御兼題

昭和四十年

歌会始御題　鳥

この丘に草萌ゆるとき近みかも土のほぐれにきぎすいこへる

春潮

水平線やはらぎふふみそそぎ来るこの黒潮の海満たすとき

昭和天皇御誕辰御兼題

礼宮誕生

生《あ》れしより三日《みか》を過ぐししみどり児に瑞《みづ》みづとして添ひきたるもの

眦《まなじり》に柔《やはら》かきもの添ひて来ぬ乳足《ちた》らひぬれば深ぶかといねて

昭和四十一年

歌会始御題　声

少年の声にものいふ子となりてほのかに土の香も持ちかへる

旗

この日々を旗波の中旅ゆかすおほみほほ笑みしのび過ごしぬ

昭和天皇御誕辰御兼題

秋蚕

真夜《まよ》こめて秋蚕《あきご》は繭《まゆ》をつくるらしただかすかなる音のきこゆる

時折《ときおり》に糸吐《は》かずをり薄き繭の中なる蚕疲《かひこ》れしならむ

籠《こも》る蚕《こ》のなほも光に焦《こ》がるるごと終《つひ》の糸かけぬたたずまひあり

音《おと》ややにかすかになりて繭の中のしじまは深く闇にまさらむ

夏の日に音たて桑を食《は》みゐし蚕《こ》ら　繭ごもり季節しづかに移る

昭和四十二年

歌会始御題　魚

手習へる紙の余白に海と書く荒磯《ありそ》に君が魚《うを》獲《と》らす日を

二月堂お水取り

きさらぎの御堂《みだう》の春の言触《ことぶれ》の紙椿《かみつばき》はも僧房《そうばう》に咲く

花

病《や》めば子のひそみてこもる部屋ぬちに甘ずき花のかをる夕暮

大学時代の恩師をいたみて*

たどきなく君なきを思ふ心解《と》かれあたためられてありし日々はも

小泉信三氏一周忌に

ありし日の続くがにふと思ほゆるこの五月日《さつきび》を君はいまさず

昭和四十三年

歌会始御題　川

赤色土《テラ・ロッシャ》つづける果ての愛《かな》しもよアマゾンは流れ同胞《はらから》の棲《す》む

ブラジル

蝶

白樺の小枝《さえだ》とびくぐ白き蝶ら野辺のいづくに姿ととのふ

香淳皇后御誕辰御兼題

花吹雪

双《もろ》の手を空に開きて花吹雪《ふぶき》とらへむとする子も春に舞ふ

昭和天皇御誕辰御兼題

奄美の旅

登校道《とかうみち》の長手《ながて》まぎらはし子らの食《は》むアマシバの葉の稚《わか》き甘酸《あまず》さ

昭和四十四年

歌会始御題　星

幾光年太古《たいこ》の光いまさして地球は春をととのふる大地

潮

春のうしほ映す山かげ若葉して水の緑に魚《うを》ら寄るとふ

新宮殿初の国民参賀に聖上を拝し奉りて

幸むねに仰《あふ》ぎまつれり大君の新高殿《にひたかどの》に立たせ給へる

紀宮誕生

そのあした白樺の若芽黄緑の透《す》くがに思ひ見つめてありき

母住めば病院も家と思ふらし「いってまゐります」と子ら帰りゆく

部屋ぬちに夕べの光およぴ来ぬ花びらのごと吾子《わこ》は眠りて

蟻

暑き日なか身ほどの餌《えさ》を運びきて蟻の入《い》りゆく白きくさむら

鳥取県に砂丘研究所を訪ふ

砂丘はも生けるが如く動きしと若き学徒は遠き目に云ふ

種子

一粒の種子《たね》の宿せるいのち見むと日にかざしつつ見つめゐし吾子《わこ》

香

蘭奢待《らんじゃたい》ほの香るなか人越しにネールを見たり遠き秋の日

枯芝

おそ秋の枯芝まじる広野原《ひろのはら》影ふみ遊ぶ幼子《をさなご》と来て

昭和四十五年

歌会始御題　花

にひ草《くさ》の道にとまどふしばらくをみ声れんげうの花咲くあたり

明治神宮御鎮座五十年にあたり＊

ふり仰ぐかの大空のあさみどりかかる心と思《おぼ》し召しけむ

夏鶯

高原《たかはら》の夏浅ければうぐひすのあしたの歌に幼《をさな》きもあり

岬

はるかなる都井《とゐ》の岬の野生馬《やせいうま》たてがみは潮《しほ》の香《か》を持つらむか

萩

遊びつかれ帰り来《こ》し子のうなゐ髪《がみ》萩の小花のそこここに散る

茶の花

茶畑の白き小花のつつましも照り葉のかげり受けて花咲く

夜長

幼日《をさなび》に君読みましし魚《うを》の書《ふみ》秋の夜更《よふ》かし吾子のよみゐる

文化の日御兼題

昭和四十六年

歌会始御題　家

家に待つ吾子《わこ》みたりありて粉雪《こゆき》降るふるさとの国に帰りきたりぬ

夢

剣《けん》によする少年の夢すこやかに子は駆《は》せゆきぬ寒稽古の朝《あさ》を

若人との集ひの後に

若きまみ澄ませ一生《ひとよ》の業《わざ》となす角膜移植を君は語りし

島

いつの日か訪《と》ひませといふ島の子らの文《ふみ》はニライの海を越え来し

匂

母宮のみ旅の記事に心なごむにほひやかにも桃咲くあした

香淳皇后御誕辰御兼題

観音崎戦没船員の碑除幕式激しき雨の中にとり行はれぬ

かく濡れて遺族らと祈る更にさらにひたぬれて君ら逝《ゆ》き給ひしか

栗鼠

くるみ食《は》む小栗鼠《こりす》に似たる仕種《しぐさ》にて愛《いと》しも子等《ら》のひたすらに食《は》む

高原

窓を開き高原《かうげん》の木木は光るといふ幼《をさな》の頰のうぶ毛のひかり

アフガニスタンの旅

バーミアンの月ほのあかく石仏《せきぶつ》は御貌《みかほ》削《そ》がれて立ち給ひけり

冬山

冬山の静もる樹氷目に顕《た》つと寒夜《さむよ》に吾子《わこ》のふと語りかく

昭和四十七年

歌会始御題　山

高原《たかはら》の花みだれ咲く山道に人ら親しも呼びかはしつつ

空

新玉《あらたま》の年明けそめむ空にして回想のごとく懸《か》かる望月《もちづき》

高松塚古墳

いかならむ皇子《わうじ》や眠りいましけむ闇に星宿《せいしゆく》の図ある石槨《せきくわく》

五月十五日沖縄復帰す

黒潮の低きとよみに新世《しんせい》の島なりと告ぐ霧笛《むてき》鳴りしと

雨激しくそそぐ摩文仁《まぶに》の岡の辺《へ》に傷つきしものあまりに多く

この夜半《よは》を子らの眠りも運びつつデイゴ咲きつぐ島還《かへ》り来ぬ

湖

果《はて》の地の白砂《はくさ》のさ中空の青落ちしがに光る湖《みづうみ》ありき

アフガニスタン　バンディアミール湖

石榴

カルタゴの遺跡出土《しゆつど》の女神像種子《たね》あまたなるざくろを捧ぐ

童話

養護施設訪問

みづからもいまだ幼き面輪《おもわ》にて童話語りつつ子ら看《み》とる人

文化の日御兼題

昭和四十八年

歌会始御題　子ども

さ庭べに夏むらくさの香りたち星やはらかに子の目におちぬ

野火

たまゆらを古き世の火の色揺れてをちこちの野辺焼かれてあらむ

彼岸桜

枝《えだ》細み木《き》ぶりやさしく小彼岸《こひがん》の春ひと時を花つけにけり

楽

ほのかにも揺れ流れ来る楽《がく》の音《ね》あり歌舞《うたまひ》の人らはげみてあらむ

香淳皇后御誕辰御兼題

蚕

いく眠り過ごしし春蚕《はるご》すでにして透《とほ》る白さに糸吐《は》き初《そ》めぬ

ある日

仰《あふ》ぎつつ花えらみゐし辛夷《こぶし》の木の枝《えだ》さがりきぬ君に持たれて

行秋

過ぐる年オーストラリアの首都キャンベラにて
六月に霜を見しこと思ひいでて

異《こと》なれる半球にあれば行く秋と水無月《みなつき》の庭に早き霜おく

文化の日御兼題

雷

いく度《たび》も幼《をさな》は我にうべなはす雷鳴《らいな》らばとくかたへに来むと

風鈴

南部鉄もちて作れる風鈴《ふうりん》に啄木《たくぼく》の歌書かれてありぬ

千葉県全国身体障害者スポーツ大会開会式

朝風に向かひて走る身障の身は高らかに炬火《きよくわ》をかざして

焚火

山茶花《さざんくわ》の咲ける小道の落葉《おちば》焚《た》き童謡とせし人の今亡く

巽聖歌氏をいたみて

昭和四十九年

歌会始御題　朝

浄闇《じやうあん》に遷《うつ》り給ひてやすらけく明けそむるらむ朝《あさ》としのびぬ

成人の日

いにしへの初冠《うひかうぶり》やいかなりし凜凜《りり》しく集《つど》ふ若きらに思ふ

鳩

朝の園《その》に真白《ましろ》き鳩の訪《と》ひ来るを神さまのお使ひと子らはいとしむ

花曇

花曇《はなぐもり》かすみ深まるゆふべ来てリラの花房ゆれゐる久し

麦の穂

思ひゐるがく小金井の里麦の穂揺れ少年の日の君立ち給ふ

夏木立

夏稚《わか》き白樺木立《こだち》はだれなす影ふみ子らのつぎつぎに行く

空港

アラスカの空港の室《しつ》ゆかに打たれし金板《きんばん》は大君の玉歩《ぎよくほ》しるせり

金板は昭和天皇の御訪米を記念す

尾花

秋づけば目もはるかなる高原《たかはら》に尾花《をばな》は紅《あか》き穂群《ほむら》をなせり

鹿

鹿子《かこ》じものただ一人子を捧げしと護国神社に語る母はも

立冬

冬に入《い》る霜白き庭に園丁《ゑんてい》のこもかけ終へし木木あまた立つ

冬銀河

東宮殿下御誕生日の佳き日に

冬空を銀河は乳《ちち》と流れゐてみどりご君は眠りいましけむ

昭和五十年

歌会始御題　祭

三輪《みわ》の里狭井《さゐ》のわたりに今日もかも花鎮《しづ》めすと祭りてあらむ

同じく「祭」なる御題に寄せて

あどけなき野辺の祭か幼《をさな》らのお地蔵さまに触れて花播《ま》く

港

いづ方《かた》の港に入《い》りし船ならむ霧笛《むてき》響き来《く》朝餉《あさげ》の室《しつ》に

辛夷《こぶし》

空に浮くやまあららぎの片咲《かたざ》きを月ほのやかに照らしてやまず

朱

ひたすらに餌《ゑ》を食《は》む鳥の朱《あけ》の嘴《はし》をちこちにしてみ園春めく

香淳皇后御誕辰御兼題

青葉梟

初夏《はつなつ》の夜《よる》の青葉《あをば》のかげならむふふみごゑにも青葉梟《あをばづく》鳴く

今年竹

少年の姿に似たる今年竹《ことしだけ》すくやかに立ちて風にさやげり

汐風*

汐風に立ちて秀波《ほなみ》の崩れゆくさま見てありし療養の日日

仔馬

いくさ馬に育つ仔馬の歌ありて幼日《をさなび》は国戦ひてありぬ

峠

峠《たうげ》にてかの日見さけし浅間嶺《ね》の冴えきはまりし稜線を思ふ

ペン

わくらばの散り敷く中に見いだししきぎすの羽を子はペンとする

文化の日御兼題

昭和五十一年

歌会始御題　坂

いたみつつなほ優しくも人ら住むゆうな咲く島の坂のぼりゆく

昭和五十年沖縄愛楽園訪問

鰤

鰤起《ぶりおこ》し北陸の空とよもして沖に出でゆく船人らならむ

幼き日

うつし絵の時は春かも幼我《をさな》を抱《いだ》くたらちねの母若かりし

消息

美しき声に語れり盲《めし》ひつつ琴ひく人のテープの便り

塔

空に凝《こ》る祈りの如く一ひらの白雲は塔の上に浮かべり

昭和天皇御誕辰御兼題

蝶

夏の日の静けさに会ふかかる刻《とき》を群《む》れて海渡る蝶もありなむ

煙

若人《わかうど》の馳《は》せ爽《さは》やかにモントリオールの聖火の煙あとに靡《なび》けり

辞書

学《まな》び舎《や》にありし日かくも爪繰《つまぐ》りしこの辞書の頁《ページ》手に馴染《なじ》みあり

文化の日御兼題

ユーゴスラビアの旅

み使ひの旅のみ伴《とも》と今日《けふ》は訪《と》ふ黄なる花さかるアドリアの岸

冬靄

冬靄《ふゆもや》の中を静かに咲くならむ佐賀の茶園《ちやゑん》の白き花顕《た》つ

昭和五十二年

歌会始御題　海

岬みな海照らさむと点《とも》るとき弓なして明《あか》るこの国ならむ

河口

河口《かこう》越えて更にも海を流れつぐ幾千筋《いくちすじ》なる川あるを思ふ

香淳皇后御誕辰御兼題

新月

夕窓《ゆふまど》を閉ざさむひまを佇《たたず》みて若月《みかづき》のかげにしばらくひたる

花冷え

園の果てに大島桜訪《と》ふといふ子に重《かさ》ね着《ぎ》の衣《きぬ》をもたせぬ

矢車

鯉のぼり納《をさ》めしのちの夕暮をひとり遊びの矢車《やぐるま》めぐる

入道雲

夏空に輪郭《りんくわく》しるく積まれゆく雲の峰あり今日も照りなむ

葛の花

くずの花葉かげに咲きて夏たくる日日臥《こや》ります母宮癒《い》え給へ

木の実

幼吾子《をさなわこ》の喜べば又しきりにも階《きざはし》打ちて椎《しひ》の実落ちくる

昭和五十三年

歌会始御題　母

子に告げぬ哀《かな》しみもあらむを柞葉《ははそは》の母清《すが》やかに老《お》い給ひけり

早蕨

ラーゲルに帰国のしらせ待つ春の早蕨《さわらび》は羊歯《しだ》になりて過ぎしと

長き抑留生活にふれし歌集を読みて

ひよこ

孵卵器《ふらんき》より出《いで》しひよこら箱ぬちの電球の温《ぬく》もりに身を寄せ眠る

五島美代子師をいたみ

二月二十八日　昏睡の師をおとなふ＊

いまひとたび朝山桜みひたひに触れてわが師の蘇《よみがへ》らまし

春盛れば「日本列島を北に北にと咲きゆく桜見たし」と
師の仰せられしことの懐かしく

み空より今ぞ見給へ欲《ほ》りましし日本列島に桜咲き継ぐ

白鳥

白鳥《しらとり》も雁《かり》がねもまた旅立ちておほやしまぐに春とはなれり

昭和天皇御誕辰御兼題

目高

池の面《も》に豊《ゆた》に映《うつ》れるさみどりのかすかに揺れて目高ら行きぬ

虹

降《ふ》り止《や》めばその度毎《たびごと》に惜《を》しみなく虹かかりたりオークランドの空

ヨット

待ちゐし風立ちそめしらむ若きらのあやつるヨットにはかに速し

湖

湖《うみ》の辺《べ》の養鰻場《やうまんぢやう》を朝《あした》訪《と》ふよしきりの鳴く芦原《あしはら》を来て

十六夜

いざよひの月はさぶしゐ望《もち》の夜《よ》をきそに過ぐしてためらひ出づる

末枯れ

移りゆく車窓の野辺は末枯《うらが》れて種子《たね》も羽虫も光りつつ飛ぶ

雪がこひ

かの日訪《と》ひし秋田の里の老《おい》の家たつきいかならむ雪がこひのうち

昭和五十四年

歌会始御題　丘

旅斎《いは》ふと参来《まゐこ》し丘のみささぎに花さはに持つみ榊《さかき》捧ぐ

去年今年

去年《こぞ》の星宿《やど》せる空に年明けて歳旦祭《さいたんさい》に君いでたまふ

種

この年も露けく咲かむ紅花《べにばな》と掌《てのひら》に白き種を見てをり

薫る

母宮の生《あ》れましし日もかくのごと光さやかに桃薫《かを》りけむ

香淳皇后御誕辰御兼題

桜月夜《さくらづくよ》

月の夜を出《い》でて見さくるこの園に大島桜花白く咲く

明星

雲もなく明星の光さやかなるこのあかときの園の静けさ

昭和天皇御誕辰御兼題

木下闇

夏木立《こだち》しげれる道の下闇《したやみ》に斑紋《はんもん》白き蝶ひとつ舞ふ

睡蓮*

那須の野の沼地に咲くを未草《ひつじぐさ》と教へ給ひきかの日恋《こほ》しも

赤い羽根

をとめなるひと日募金に立ちし日の駅前の日ざし思ひださるる

発掘

熱泥《ねつでい》の埋めし天明《てんめい》の村のあと掘る人群《ひとむれ》に吾子《わこ》もまじれる

文化の日御兼題

夜寒

新嘗《しんじやう》のみ祭果てて還《かへ》ります君のみ衣《ころも》夜《や》気《き》冷《ひ》えびえし

鍋

この年もかく暮れゆくか街道に救世軍の慈善鍋《じぜんなべ》見ゆ

昭和五十五年

歌会始御題　桜

風ふけば幼《をさな》き吾子《わこ》を玉ゆらに明《あか》るくへだつ桜ふぶきは

雪明り

雪明《あか》る夕ぐれの部屋ものみなの優しき影を持ちて静もる

二月二十三日浩宮の加冠の儀　とどこほりなく終りて

いのち得て　かの如月《きさらぎ》の　夕《ゆふべ》しも　この世に生《あ》れし
みどりごの　二十年《はたとせ》を経て　今ここに　初《うひ》に冠《かうぶ》る
浅黄《あさぎ》なる　童《わらは》の服に　童かむる　空頂黒幘《くうちやうこくさく》
そのかざし　解き放たれて　新《あら》たなる　黒き冠《かがふり》
頂《いただき》に　しかとし置かれ　白き懸緒《かけを》　かむりを降《くだ》り
若き頬　伝ひつたひて　顎《あぎと》の下　堅く結ばれ
その白き　懸緒《かけを》の余《あまり》　音さやに　さやに絶たれぬ
はたとせを　過ぎし日となし　幼日《をさなび》を　過去とは為《な》して
心ただに　清らに明《あ》かく　この日より　たどり歩《あゆ》まむ

御祖《みおや》みな　歩み給ひし　真直《ますぐ》なる　大きなる道
成年の　皇子《みこ》とし生くる　この道に今し　立たす吾子《わこ》　はや

反歌

音さやに懸緒《かけを》截《き》られし子の立てばはろけく遠しかの如月《きさらぎ》は

春泥

春草のはつはつ出《い》づる土手のさま見むと春泥《しゆんでい》の道あゆみゆく

衛士

み堀辺《ほりべ》の舗装《ほさう》の道の明《あか》るきに花散り敷きて若き衛士《ゑじ》立つ

汐干狩り

貝採《と》りて遊びし干潟《ひがた》年を経てわが思ひ出の中にひろがる

八十八夜

麦の穂のすこやかに伸びこの年も霜の別れの頃となりたり

桑の実

くろく熟《う》れし桑の実われの手に置きて疎開《そかい》の日日を君は語らす

夜長

長き夜《よ》の学び進むは楽しとぞ宣《の》りし子の言葉抱《いだ》きて寝《い》ぬる

硯

夜半《よは》の水およびに凍《し》みて洗ひたるこの硯《すずり》長く使ひ来《きた》りし

文化の日御兼題

柊

柊《ひひらぎ》の老いし一木《ひとき》は刺《とげ》のなき全縁《ぜんえん》の葉となりたるあはれ

明治神宮御鎮座六十年にあたり

みちのくも筑紫《つくし》の果《はて》も成りましぬ道難《かた》かりしかの御代《みよ》にして

昭和五十六年

歌会始御題　音

わが君のみ車にそふ秋川の瀬音《せおと》を清《きよ》みともなはれゆく

のどか

湘南に遊ぶひと日ののどかにて菜も葉ぼたんも丈《たけ》高く咲く

甘茶

訪《と》ひて来しみ仏《ほとけ》の国スリランカの人らも今日《けふ》は甘茶注《あまちやそそ》がむ

梅雨寒

やむともなく降り続く雨のなか小寒《こさむ》き園《その》に梅の実を採《と》る

田植

卯《う》の花の花明《あか》りする夕暮れに御田《みた》の早苗《さなへ》を想ひつつゆく

秋彼岸

秋彼岸《あきひがん》ややうやく近く白雲の一つ浮かべる山の静けさ

花八手

いつしかに葉群《はむら》を越えて乳色《ちちいろ》の八手《やつで》の花の球《たま》ととのへる

羽子板市

行くことの難《かた》くしあれど人びとの語らひ楽し羽子板の市《いち》

昭和五十七年

歌会始御題　橋

橋ひとつ渡り来たれば三月のひかりに見ゆる海上の都市

ポートピア

寒椿

いてつける水のほとりの寒椿《かんつばき》花のゆれつつ白鷺《しらさぎ》のたつ

土筆

梅の香をふふむ風あり来し丘のやや寒くして土筆《つくし》はいまだ

春風

春風の中にわが思ふ母宮も御園生《みそのふ》のうち歩みまさむか

牡丹

皇居奉仕の人らの言ひし須賀川《すかがは》の園《その》の牡丹を夜半《よは》に想へる

昭和天皇御誕辰御兼題

田植

みてづから植ゑ給ひける早苗田《さなへだ》の今年の実り豊かにあらむ

羅

雨止《や》みてにはかに暑き日の射《さ》せばとゝのへ置きし羅《うすもの》うれし

木枯

この月は吾子《わこ》の生《あ》れ月夜《づきよ》もすがら聞きし木枯《こがらし》の音《おと》を忘れず

論文

論文の成《な》るたび君が賜《たま》ひたる抜刷《ぬきずり》の数《かず》多くなりたり

日向

この国に住むうれしさよゆたかなる冬の日向《ひなた》に立ちて思へば

昭和五十八年

歌会始御題　島

四方位《しはうゐ》を波に読みつつ漕《こ》ぎて来《こ》しヤップの島の人忘られず

同じく「島」を詠める

日を待ちて星の一つとなりてとぶロケット見をり島風のなか

種子島宇宙センター

吹雪＊

ひとすぢに山愛《め》でし人永遠《とは》に眠るネパールの山今日も吹雪《ふぶ》くか

桜餅

さくらもちその香りよく包みゐる柔らかき葉も共にはみけり

若竹

おのづから丈高くしてすがすがし若竹まじるこのたかむらは

昭和四十四年に植樹祭のおこなはれし地にて
御製「頼成もみどりの岡になれかしと杉うゑにけり
人びとともに」なる御碑を拝して

み手植ゑの杉を抱《いだ》きて頼成《らんじやう》は緑の森となりて栄ゆる

表彰

表彰状受くるその手は年月《としつき》を山やまの緑はぐくみて来し

文化の日御兼題

蜩

かかる宵《よひ》われは好むといふ吾娘《わこ》のまみ優しみて蜩《ひぐらし》をきく

除夜

外国《とつくに》に吾子《わこ》離れすむこの年の夜《よる》のしづけさ長くおもはむ

昭和五十九年

歌会始御題　緑

ココ椰子《やし》の緑の上に大いなるアフリカの空あした燃えそむ

噴水

子供らの声きこえ来て広場なる噴水のほの高く立つ見ゆ

合歓の花

薩摩《さつま》なる喜入《きいれ》の坂を登り来て合歓《ねむ》の花見し夏の日想ふ

松虫

松虫の声にまじりて夜《よる》遅く子の弾くならむギターの音《おと》す

鰯雲

訪《と》ひて来し村はコスモスの咲き盛《さか》り真昼の空に鰯雲《いわしぐも》浮く

紙

樺《かば》の木の色香《いろか》をこめて手に漉《す》きし吉野の紙を手にとりて愛《め》づ

文化の日御兼題

暦

この年も暮近づきてくさぐさの暦《こよみ》送られ来たる楽しさ

昭和六十年

歌会始御題　旅*

幼《をさな》髪《がみ》なでやりし日も遠くしてをとめさびつつ子は旅立ちぬ

同じく「旅」三首

み伴《とも》せる旅路の車窓明《あか》るみて「花一杯」の町を過ぎゆく

秋田県雄和町

旅し来し英国《アルビオン》の春浅くして花はつかなり学都の土に

うみ風《かぜ》を求め旅行く若きらを帆船《はんせん》は待つ月の港に

練習船新日本丸完成

春灯

春の灯《ひ》のゆるるお居間にこの宵をひひなの如く君もいまさむ

香淳皇后御誕辰御兼題

鯉のぼり

子らすでに育ちてあれど五月なる空に矢車の音なつかしむ

雷

稲妻と雷鳴の間《ま》をかぞへつつ鄙《ひな》に幼くありし日日《ひび》はも

木犀

木犀《もくせい》の花咲きにけりこの年の東京の空さやかに澄みて

冬野

窓にさす夕映《ゆふば》え赤く外《と》の面《も》なる野に冬枯《が》れの強き風ふく

昭和六十一年

歌会始御題　水

砂州《さす》越えてオホーツクの海望みたり佐呂間《サロマ》の水に稚魚《ちぎよ》を放ちて

桃

この年のこのよき春の紅《あか》き桃君みよはひを重ね給へり

香淳皇后御誕辰御兼題

遠足

遠いでて明日香《あすか》の里を訪《と》ふといふ子のまなうらの春を思へる

合唱

再会の人らに待たれ入《い》りゆけばフィンランディアホールに合唱の湧く

文化の日御兼題

昭和六十二年

歌会始御題　木

楠若木《くすわかぎ》君植ゑませば肥後《ひご》の野に清《きよ》らに立ちてをとめら歌ふ

雪

微振動《びしんどう》いまだ続ける大島の三原山頂《みはらさんちやう》雪降りしとぞ

スキー

早朝に君が滑りしスキーの跡《あと》茜《あかね》に染めて日は昇り来ぬ

高松宮殿下薨去

如月《きさらぎ》の春立てる日を待たずしてかなしも君は逝き給ひけり

妃《ひ》の宮はいかに寂しく在《いま》すらむ白珠《しらたま》のごときみ歌詠ましき

又の日、亡き宮のお印なりし梅の木の蕾
つぎつぎと開くを見て

白梅《しらうめ》の花ほころべどこの春の日ざしに君の笑《ゑ》まし給はず

たんぽぽ

たんぽぽの綿毛《わたげ》を追ひて遊びたる遥《はる》かなる日の野辺なつかしき

風ぐるま

三月《さんぐわつ》の風吹き来たり美しく廻《まは》れ風《かざ》ぐるま遠き日のごと

蜻蛉

水の辺《べ》の朝《あした》の草の光るうへ熨斗目《のしめ》とんぼは羽化《うくわ》せしばかり

佐藤佐太郎先生をいたみて

君亡きにいつものごとく「ツキホシ」と斑鳩《いかる》啼《な》きとぶ昼にかなしむ

もの視《み》つつもの写せよと宣《の》りましかの日のみ目を偲《しの》びてやまず

静けくも大きくましし君にして「見ず」とはいはず亡きを嘆かむ＊

医師

僻地医療につきて語れる医師と居《を》りキリタップ湿原霧深きなか

焚火

疎開児《そかいじ》のわれを焚火《たきび》に寄せくれしかの日の友ら今に懐かし

光

ワシントンの未明《みめい》の空に一筋の光あり天の川かと仰ぐ

霙

噴火にて山燃ゆる島のがれつついかにありけむ霙《みぞれ》降る夜に

聖上御退院

み車の運び静けし天足《あまた》らすみいのちにして還《かへ》り給ひぬ

昭和六十三年

歌会始御題　車

成人の日のつどひ果て子らの乗る車かへりく茜《あかね》の中を

薄氷

この冬の暖かくして一月《いちぐわつ》の半《なか》ばやうやく薄氷《うすらひ》を見つ

白魚

おぼろなるこの月の夜《よ》の海に来て河口《かこう》に到る白魚あらむ

桜草

雪解《ゆきど》けの大雪山の花畑コエゾザクラは咲きてあらむか

香淳皇后御誕辰御兼題

冬季五輪

カルガリーの名の親しもよ氷上に晴れやかに君ら競《きそ》ひ滑りし

四照花

四照花《やまぼうし》の一木《ひとき》覆《おほ》ひて白き花咲き満ちしとき母逝き給ふ

新茶

「みさかえの園《その》」の子供ら摘《つ》みしとぞ新茶の香り今年《ことし》も届く

雀

旅立たむ子と語りゐる部屋の外《そと》雀来《きた》りていつまでもをり

夕空

夕《ゆふ》の空あやしきまでの色なせる紫光現象たまさかに見し

筆

聖上の御病《おんやまひ》お重く

記帳台に筆とる人の列長く秋雨《あきさめ》の中今日も続けり

文化の日御兼題

平成元年

昭和天皇崩御

セキレイの冬のみ園に遊ぶさま告げたしと思ひ醒《さ》めてさみしむ

癒《い》えましで再び那須の広原に仰がむ夏を祈りしものを

春盛《さか》り光溢るるみ園生にそろひいましし日日を忘れず

よもぎ

早春《さうしゅん》の日溜りにして愛《かな》しくも白緑色《はくりよくしよく》のよもぎは萌えぬ

ぶらんこ

おしなべて春とはなりしこの国にあまた揺れゐむ子らのぶらんこ

しゃぼん玉

思はざる気流のあらむ光りつつしゃぼん玉ひとつ空に見えをり

ベルリン＊

われらこの秋を記憶せむ朝の日にブランデンブルグ門明《あか》るかりしを

絵画
故鷹司和子様の御遺作を拝見して

姉宮の遺《のこ》したまへるお絵あまた美しければ見つつ哀しき

文化の日御兼題

窓

嫁《とつ》ぎくる人の着物を選びをへ仰ぐ窓とほき夕茜雲《ゆふあかねぐも》

平成二年

昭和天皇をお偲びする歌会御題　晴*

かすみつつ晴れたる瀬戸の島々をむすびて遠く橋かかりたり

星

除夜の鐘ききつつ開くわが窓に平成二年の星空明《あか》し

地図

あたらしき国興《おこ》りけり地図帳にその新しき国名記す

ソビエト、東欧に政変はげしき頃

みどり児

みどり児と授《さづ》かりし日の遠くして今日納采《なふさい》の日を迎へたり

文仁親王婚約

石

朝の日に淡き影おく石の上遅き桜のゆるやかに散る

文仁親王の結婚を祝ふ＊

瑞《みづ》みづと早苗生ひ立つこの御田《みた》に六月の風さやかに渡る

御兼題　早苗

蛍

われら若く子らの幼く浜名湖の水辺に蛍追ひし思ほゆ

夕立

いにしへの夕立の跡《あと》残せりと阿波《あは》のしじらの話聞きゐつ

阿波しじら織

エドウィン・ライシャワー氏をいたみ

雨なきに秋の夕空虹たてばラホヤに逝《ゆ》きし君し偲《しの》ばる

一つ窓思ひて止まず病みし君の太平洋を望みましとふ

海原《うなばら》に海の枕のあるときく君が眠りの安けくあらまし

遺灰は海に撒かれぬ

島

対馬《つしま》より釜山《ふざん》の灯《あかり》見ゆといへば韓国の地の近きを思ふ

月

金星を隠しし月を時かけて見たりき諒闇《りやうあん》の冬の夕べに

平成元年十二月二日、金星蝕を見ぬ

明治神宮御鎮座七十年にあたり＊

聖《ひじり》なる帝《みかど》に在《ま》して越《こ》ゆるべき心の山のありと宣《の》らしき

紙

書陵部の職員ら古き琵琶譜を示し、
その復元に励みゐるを語りくれれば

琵琶の譜《ふ》のかかれし紙のさながらに復元されむ日をし待たるる

文化の日御兼題

冬枯＊

バンダーの資格うれしと軽装の子はいでゆけり冬枯《ふゆが》るる野に

氷＊

悠紀《ゆき》主基《すき》の屏風《びやうぶ》に描く田沢湖は冬も凍《い》てざる青き色見ゆ

近江神宮御鎮座五十年にあたり

学ぶみち都《みやこ》に鄙《ひな》に開かれし帝《みかど》にましぬ深くしのばゆ

旬祭＊

神まつる昔の手ぶり守らむと旬祭《しゆんさい》に発《た》たす君をかしこむ

平成

平成の御代《みよ》のあしたの大地《おほつち》をしづめて細き冬の雨降る

長き年《とし》目に親しみし御衣《みころも》の黄丹《わうに》の色に御代の朝《あさ》あけ*

ともどもに平《たひ》らけき代を築かむと諸人《もろひと》のことば国うちに充《み》つ

平成三年

歌会始御題　森

いつの日か森とはなりて陵《みささぎ》を守らむ木木かこの武蔵野に

平成二年一月七日、武蔵野陵に詣づ
御陵のめぐりに御愛樹のあまた植ゑられてありければ

若草

萌えいづる若草の野辺今日行《ゆ》かば青きベロニカの花も見るべし

立太子礼奉祝御題　春

赤玉の緒《を》さへ光りて日嗣《ひつぎ》なる皇子《みこ》とし立たす春をことほぐ

湾岸危機

湾岸の原油《げんゆ》流るる渚《なぎさ》にて鵜《う》は羽搏《はばた》けど飛べざるあはれ

多磨全生園を訪ふ＊

めしひつつ住む人多きこの園に風運びこよ木の香《か》花の香

鯉のぼり

かの家に幼子《をさなご》ありて健やかに育ちてあらむ鯉のぼり見ゆ

植樹祭

父祖《ふそ》の地と君がのらしし京の地にしだれ桜の幼木《をさなぎ》を植う

梅雨

さやかなる声の聞こえて小千鳥《こちどり》が梅雨《つゆ》の干潟《ひがた》に来《きた》りて遊ぶ

須崎御用邸

訪《たづ》ねては親しみゆかむこの町の小径《こみち》のかなた伊豆の海見ゆ

母

この年も母逝《ゆ》きし月めぐり来て四照花《やまぼうし》咲く母まさぬ世に

山登り

夏山の稜線《りようせん》登る人の群《むれ》ここより見えて寂しかりけり

ニュース

窓開《あ》けつつ聞きゐるニュース南アなるアパルトヘイト法廃されしとぞ

きのこ

フェアリー・リングめぐり踊りてゐたりけり彼《か》の日のわが子ただに幼く

雲仙の人びとを思ひて*

火を噴ける山近き人ら鳥渡るこの秋の日日安《やす》からずゐむ

鳥渡る

秋空を鳥渡るなりリトアニア、ラトビア、エストニア今日独立す

菊

わが君のいと愛《め》でたまふ浜菊《はまぎく》のそこのみ白く夕闇《ゆふやみ》に咲く

本

大学の図書室の本それぞれの匂もちゐし懐かしみ思ふ

文化の日御兼題

わたつみ*

わたつみに船出をせむと宣《の》りましし君が十九の御夢《おんゆめ》思ふ

天皇陛下御誕辰御兼題

平成四年

歌会始御題　風*

葉かげなる天蚕《てんさん》はふかく眠りゐて櫟《くぬぎ》のこずゑ風渡りゆく

初日

やがて出《い》づる日を待ちをればこの年の序章《じよしやう》のごとく空は明けゆく

手袋

手袋を我にあづけてプロミナに君は遠磯《とほいそ》の鵜《う》を追ひ給ふ

狐

里にいでて手袋買ひし子狐の童話のあはれ雪降るゆふべ

草生

春の光溢るる野辺の柔かき草生《くさふ》の上にみどり児を置く

平成三年十月秋篠宮家に内親王誕生

つみ草

つくし摘みしかの日の葉山先《さき》つ帝《みかど》后《きさい》の宮の揃《そろ》ひ在《いま》しき

香淳皇后御誕辰御兼題

入学

草萌《も》ゆるこの園《その》の道入学せし幼《をさな》スキップに行く日もあらむ

ほととぎす

ほととぎすやがて来《き》鳴《な》かむこの園《その》にスカンポは丈《たけ》高くなりたり

植村直己氏を偲ぶ＊

若くしてデナリの山に逝きし人春の落葉を踏みつつ思ふ

桐の花

やがて国敗《やぶ》るるを知らず疎開地《そかいち》に桐《きり》の筒花《つつばな》ひろひゐし日よ

群馬県館林

魚

バーミアンの流れに釣れる魚《うを》の名を乳魚《シルモイ》とききつ旅にありし日

泉

森の道われより先に行きまして泉の在所《ありど》教へたまひし

高原

高原のから松立てるかの小道思ひ出《い》でをり三年《みとせ》訪はざる

ことば

言《こと》の葉《は》となりて我よりいでざりしあまたの思ひ今いとほしむ

文化の日御兼題

窓

車窓より時のま見えし沿線に園児ら高く手を振りてゐし

影ぼうし

かの町はいづこなりしか電柱とわが影ぼうし長く曳《ひ》きゐし

シャトル＊

名を呼ぶはかくも優しき宇宙なるシャトルの人は地の人を呼ぶ

シャトルと地上の交信のさまを新聞に読みて

さやか

君が歩み遠く来ませり一筋のさやかにつづく道とし思ふ

天皇陛下御誕辰御兼題

平成五年

歌会始御題　空＊

とつくにの旅いまし果て夕映《ゆふは》ゆるふるさとの空に向ひてかへる

雪

暖冬に雪なくすぎしこの夕《ゆふべ》つかの間《ま》降れる雪をかなしむ

梅

婚約のととのひし子が晴れやかに梅林《ばいりん》にそふ坂登り来る

皇太子婚約内定
香淳皇后御誕辰御兼題

川

「父母《ちちはは》に」と献辞のあるを胸熱《あつ》く「テムズと共に」わが書架《しよか》に置く

ワディといふ水なき川も見つつゆきしかの三月のリヤドを思ふ

皇太子の結婚を祝ふ*

たづさへて登りゆきませ山はいま木木青葉してさやけくあらむ

御兼題　青葉の山

泳ぐ

泳ぎつつ又《また》すこやかになりしとふ未知なる老《おい》の手紙うれしき

御遷宮の夜半に

秋草の園生《そのふ》に虫の声満ちてみ遷《うつ》りの刻《とき》次第に近し

月＊

うつつにし言葉の出《い》でず仰ぎたるこの望《もち》の月思ふ日あらむ

移居＊

三十余年《さんじふよねん》君と過ごししこの御所に夕焼の空見ゆる窓あり

平成六年

歌会始御題　波＊

波なぎしこの平《たひ》らぎの礎《いしずゑ》と君らしづもる若夏《うりずん》の島

硫黄島

銀ネムの木木茂りゐるこの島に五十年《いそとせ》眠るみ魂《たま》かなしき

慰霊地は今安らかに水をたたふ如何《いか》ばかり君ら水を欲《ほ》りけむ*

木の芽

移り住むこの苑《その》の草木《くさき》芽ぐみつつ新しき日々始まらむとす

平成五年十二月皇居内の新御所に移居

草萌

吹上の御所に続きて春草の萌《も》ゆる細道今日踏みてゆく

香淳皇后御誕辰御兼題

卒業

被災せる奥尻島《おくしりたう》の子供らの卒業の春いかにあるらむ

旅

この年の泡立草《あわだちさう》の黄の色のにごり少なく沿線に咲く

村

今一度訪《と》ひたしと思ふこの村に辣韮《らつきよう》の花咲き盛《さか》るころ

鳥取県福部村

過疎地

高齢化の進む町にて学童の数すくなきが鼓笛《こてき》を鳴らす

植樹祭会場兵庫県村岡町

訪米中ひと日コロラドを訪ふ

けだものも木かげにひそまむロッキーの山にはげしく雹《ひょう》降り来《きた》る

夏の日

鍛冶場にて手もて打たるる斧見むと子ら伴《ともな》ひて訪《と》ひし夏の日

郵便はがき

1 1 3 0 0 0 1

恐れ入りますが郵便切手をお貼りください

(受取人)
東京都文京区白山一丁目三七番一〇号

株式会社
大東出版社
営業部 行

年 月 日

御住所 〒□□□-□□□□	
フリガナ	
御芳名	
御職業 (学校名会社名)	年令 才

愛読者カード　　皇后陛下御歌集 瀬音 増補改訂版

☆本書の刊行をなにでお知りになりましたか

(1) 店で見て　(2) 新聞広告（　　　）

(3) 雑誌広告（　　　）(4) 書評による（　　　）

(5) 知人から聞いて　(6) その他（　　　）

本書をお求めになった書店名

市

書　店

この本についてのご感想

ご希望の著者、出版企画などありましたら、お書きください。

☆本カードは大切に保存し今後の出版のご案内、また企画にも反映させて頂きます。

木かげ

暑き陽《ひ》を受けて遊べる幼児《をさなご》をひととき椎《しひ》の木かげに入《い》るる

トゥールーズ

トゥールーズに我ら迎ふると人びとの朝日に向かひ手をかざし立つ

フランス

青年

難民の日日を生き来し青年は医師として立つ業《わざ》を終へたり

手

手のひらに小《ち》さきみ仏あるごとく截金細工《きりがねざいく》の香合《かうがふ》をもつ

文化の日御兼題

山茶花

山茶花《さざんくわ》の咲きゐる季節リュウマチを病みつつ友のひたすらに生く

冬至過ぐ

わが君の生《あ》れましし日も極まりし冬過ぎてかく日は昇りしか

天皇陛下御還暦奉祝歌

平和ただに祈りきませり東京の焦土《せうど》の中に立ちましより

大空

柔かき光たたふる大空に君を祝《ほ》ぐ声立ち上《のぼ》りゆく

天皇陛下御誕辰御兼題

平成七年

歌会始御題　歌*

移り住む国の民とし老いたまふ君らが歌ふさくらさくらと

同じく歌といふことを

この広き淡海《あふみ》の湖《うみ》のほとりにて歌思ひけむあまた国《くに》びと

餅

丹後人《たんごびと》搗《つ》きてくれたる栃餅《とちもち》を君がかたへに食《は》みし旅の日

猫

見なれざる猫がかなたを歩みゆく野の面《も》しろじろ霜置くあした

よもぎ＊

被災せし淡路の島のヘリポートかのあたりにもよもぎ萌えゐむ

香淳皇后御誕辰御兼題

雛のころに

この年の春燈《しゆんとう》かなし被災地に雛なき節句めぐり来《きた》りて

陽炎

彼方なる浅き緑の揺らぎ見ゆ我もあらむか陽炎《かげろふ》の中

緑

緑なす木木さやぐ時いづくより散りくるならむ残る花片《はなびら》

夕暮

暮れてゆく園《その》のみどりに驚けばプルキンエ現象と教へ給へる

緑蔭

母宮のみ車椅子をゆるやかに押して君ゆかす緑蔭の道

植樹祭

初夏《はつなつ》の光の中に苗木植うるこの子供らに戦《いくさ》あらすな

広島県本郷町

広島*

被爆五十年広島の地に静かにも雨降り注《そそ》ぐ雨の香のして

戦後五十年遺族の上を思ひて

いかばかり難《かた》かりにけむたづさへて君ら歩みし五十年《いそとせ》の道

礎

クファデーサーの苗木添ひ立つ幾千の礎《いしじ》は重く死者の名を負《お》ふ

国民体育大会

コスモスの咲きゐる道を通り来し炬火《きよくわ》ならむいま会場に入《い》る

福島県

虹

喜びは分かつべくあらむ人びとの虹いま空にありと言ひつつ

道

かの時に我がとらざりし分去《わかさ》れの片への道はいづこ行きけむ

文化の日御兼題

霜柱

シモバシラとふ植物ありとみ教へを賜《た》びし昭和の冬の日ありき

豊年

この年の作況指数《さくきやうしすう》百越ゆと献穀《けんこく》の人ら明るく告ぐる

天皇陛下御誕辰御兼題

平成八年

歌会始御題　苗*

日本列島田ごとの早苗そよぐらむ今日わが君も御田《みた》にいでます

門松

門松《かどまつ》に初日《はつひ》とどきて明けそむる国内《くぬち》の春のすがしくあらむ

雪どけ

雪どけの道になづむも稀《まれ》にしてこの年どしの冬暖かき

彼岸花

彼岸花咲ける間《あはひ》の道をゆく行《ゆ》き極《きは》まれば母に会ふらし

百武彗星

彗星《すいせい》の姿さかりて春深む地にハナニラの白き花咲く

秩父宮妃殿下をお偲びして*

もろともに蓮華《れんげ》摘《つ》まむと宣《の》らししを君在《ま》さずして春のさびしさ

五月晴れ

この年も蚕飼《こがひ》する日の近づきて桑おほし立つ五月晴《さつきば》れのもと

母の日

わが君のはた国人《くにびと》の御母《みはは》にてけふ母の日の花奉《たてまつ》る

神戸禮二郎紅葉山御養蚕所主任をいたみて

初繭を掻《か》きて手向けむ長き年宮居《みやゐ》の蚕飼《こがひ》君は目守《まも》りし

短夜

聖上の内視鏡御手術の後《のち》の日に

短夜《みじかよ》を覚《さ》めつつ憩ふ癒えましてみ息安けき君がかたへに

終戦記念日に

海陸《うみくが》のいづへを知らず姿なきあまたの御霊《みたま》国護《まも》るらむ

山

年ごとに巡《めぐ》るこの日に遺族らの御巣鷹山《おすたかやま》に見えてかなしも

祭

枠旗《わくばた》の祭の囃子《はやし》きこえ来て御幸《みゆき》の路に猿田彦舞ふ

石川県中島町

平成九年

歌会始御題　姿*

生命《いのち》おび真闇《まやみ》に浮きて青かりしと地球の姿見し人還《かへ》る

大震災後三年を経て

嘆《なげ》かひし後《のち》の眼《まなこ》の冴えざえと澄みゐし人ら何方《いづかた》に住む

日本海重油流出事故＊

汚染されし石ひとつさへ拭《ぬぐ》はれて清まりし渚あるを覚《おぼ》えむ

香

かなたより木の花なるか香《かを》り来る母宮《ははみや》の御所に続くこの道

平成十年

歌会始御題　道*

移民きみら辿《たど》りきたりし遠き道にイペーの花はいくたび咲きし

日本傷痍軍人会創立四十五周年にあたり

復興の国の歩みに重ね思ふいたつきに耐へ君らありしを

英国にて元捕虜の激しき抗議を受けし折、かつて「虜囚」の身となりしわが国人の上しきりに思はれて*

語らざる悲しみもてる人あらむ母国《ぼこく》は青き梅実る頃

サッカー・ワールド・カップ

ゴール守《まも》るただ一人なる任《にん》にして青年は目を見開きて立つ

うららか

ことなべて御身《おんみ》ひとつに負《お》ひ給ひうらら陽《び》のなか何思《なにおぼ》すらむ

御即位十年天皇陛下御誕辰御兼題

平成十一年

歌会始御題　青*

雪原《せつげん》にはた氷上にきはまりし青年の力愛《かな》しかりけり

昭和天皇十年祭

かの日より十年《ととせ》を経たる陵《みささぎ》に茂りきたりし木木をかなしむ

長崎原爆忌

かなかなの鳴くこの夕べ浦上の万灯《まんどう》すでに点《とも》らむころか

結婚四十年を迎へて

遠白《とほしろ》き神代の時に入るごとく伊勢参道を君とゆきし日

平成十二年

歌会始御題　時*

癒《い》えし日を新生《しんせい》となし生くる友に時よ穏《おだ》しく流れゆけかし

オランダ訪問の折に*

慰霊碑は白夜《びやくや》に立てり君が花抗議者の花とともに置かれて

香淳皇后御舟入の儀＊

現《うつ》し世にまみゆることの又となき御貌《みかほ》美し御舟《おふね》の中に

草道＊

幼な児の草ふみ分けて行きし跡けもの道にも似つつ愛《かな》しき

平成十三年

歌会始御題　草*

この日より任務おびたる若き衛士《ゑじ》の立てる御苑《みその》に新草《にひくさ》萌ゆる

野*

知らずしてわれも撃ちしや春闌《た》くるバーミアンの野にみ仏在《ま》さず

明治神宮御鎮座八十年にあたり＊

外国《とつくに》の風招《まね》きつつ国柱《くにばしら》太しくあれと守り給ひき

絲竹会《しちく》四百五十回にあたり＊

絲竹《いとたけ》の道栄え来てうれしくもいにしへに逢ふ心地《ここち》こそすれ

凩＊

いとしくも母となる身の籠《こも》れるを初凩《はつこがらし》のゆふべは思ふ

東宮妃の出産間近く

平成十四年

歌会始御題　春*

光返《かへ》すもの悉《ことごと》くひかりつつ早春の日こそ輝かしけれ

八王子市に「げんき農場」を訪《と》ふ*

これの地に明日葉《あしたば》の苗育てつつ三宅の土を思ひてあらむ

芽ぐむ頃＊

カブールの数なき木々も芽吹きゐむをみなは青きブルカを上ぐる

夏近く＊

かの町の野にもとめ見し夕すげの月の色して咲きゐたりしが

平成十五年

歌会始御題　町*

ひと時の幸《さち》分かつがに人びとの佇《たたず》むゆふべ町に花降る

春*

癒えましし君が片へに若菜つむ幸おほけなく春を迎ふる

出雲大社に詣でて＊

国譲《ゆづ》り祀《まつ》られましし大神の奇《く》しき御業《みわざ》を偲びて止まず

日本復帰五十年を迎へし奄美にて＊

紫の横雲なびき群島に新しき朝《あさ》今し明けゆく

平成十六年

歌会始御題　幸*

幸《さき》くませ真幸《まさき》くませと人びとの声渡りゆく御幸《みゆき》の町に

南静園に入所者を訪ふ*

時じくのゆうなの蕾活《い》けられて南静園の昼の穏《おだ》しさ

踊り＊

大君の御幸《みゆき》祝ふと八瀬童子《やせどうじ》踊りくれたり月若き夜に

幼児生還＊

天狼《てんらう》の眼も守りしか土《つち》なかに生きゆくりなく幼児《をさなご》還《かへ》る

平成十七年

歌会始御題　歩み*

風通ふあしたの小径《こみち》歩みゆく癒えざるも君清《すが》しくまして

御料牧場にて*

牧の道銀輪の少女ふり返りもの言へど笑ふ声のみ聞こゆ

サイパン島＊

いまはとて島果ての崖踏みけりしをみなの足裏《あうら》思へばかなし

清子内親王の結婚を祝ふ＊

母吾《われ》を遠くに呼びて走り来《こ》し汝《な》を抱《いだ》きたるかの日恋ひしき

平成十八年

歌会始御題　笑み＊

笑み交《か》はしやがて涙のわきいづる復興なりし街を行きつつ

初場所＊

この年の事無く明けて大君の相撲《すまひ》の席に在《ま》せるうれしさ

月の夜＊

初《うひ》にして身ごもるごとき面輪《おもわ》にて胎動《たいどう》を云ふ月の窓辺《まどべ》に

帰還＊

サマワより帰り来まさむふるさとはゆふべ雨間《あめま》にカナカナの鳴く

平成十九年

歌会始御題　月＊

年ごとに月の在《あ》りどを確かむる歳旦祭《さいたんさい》に君を送りて

リンネ生誕三百周年＊

自《みづか》らも学究《がくきう》にまして来給へりリンネを祝ふウプサラの地に

玄界島＊

洋中《わたなか》の小さき陸《くが》よ四百《し》余の人いま住むを思ひつつ去る

滋賀県　豊かな海づくり大会＊

手渡しし葭《よし》の苗束若人《わかうど》の腕に抱《いだ》かれ湖《うみ》渡りゆく

平成二十年

歌会始御題　火＊

灯火《ひ》を振れば彼方の明かり共に揺れ旅行《ゆ》くひと日夜《よる》に入りゆく

北京オリンピック＊

たはやすく勝利の言葉いでずして「なんもいへぬ」と言ふを肯《うべな》ふ

旧山古志村を訪ねて＊

かの禍《まが》ゆ四年《よとせ》を経たる山古志に牛らは直《なほ》く角《つの》を合はせる

正倉院＊

封じられまた開かれてみ宝の代代《よよ》守られて来《こ》しが嬉しき

平成二十一年

歌会始御題　生*

生命《いのち》あるもののかなしさ早春の光のなかに揺り蚊《ユスリカ》の舞ふ

カナダ訪問*

始まらむ旅思ひつつ地を踏めばハリントン・レイクに大き虹立つ

宇宙飛行士帰還＊

夏草の茂れる星に還り来てまづその草の香を云ひし人

御即位の日　回想＊

人びとに見守られつつ御列《おんれつ》の君は光の中にいましき

平成二十二年

歌会始御題　光＊

君とゆく道の果たての遠白《とほしろ》く夕暮れてなほ光あるらし

明治神宮御鎮座九十年＊

窓といふ窓を開きて四方《よも》の花見さけ給ひし大御代《おほみよ》の春

FIFAワールドカップ南アフリカ大会＊

ブブゼラの音も懐しかの国に笛鳴る毎《ごと》にたたかひ果てて

「はやぶさ」＊

その帰路に己れを焼きし「はやぶさ」の光輝《かがや》かに明かるかりしと

亡き人

いち人《にん》の大き不在か俳壇に歌壇に河野裕子しのぶ歌

平成二十三年

歌会始御題　葉*

おほかたの枯葉は枝に残りつつ今日まんさくの花ひとつ咲く

手紙*

「生きてるといいねママお元気ですか」文《ふみ》に項傾《うなかぶ》し幼な児眠る

海＊

何事もあらざりしごと海のあり　かの大波は何にてありし

この年の春＊

草むらに白き十字の花咲きて罪なく人の死にし春逝《ゆ》く

平成二十四年

歌会始御題　岸*

帰り来るを立ちて待てるに季《とき》のなく岸とふ文字を歳時記に見ず

復興*

今ひとたび立ちあがりゆく村むらよ失《う》せたるものの面影の上《へ》に

着袴の儀*

幼な児は何おもふらむ目見《まみ》澄みて盤上《ばんじやう》に立ち姿を正す

旅先にて*

工場の門《かど》の柱も対《つい》をなすシーサーを置きてここは沖縄《ウチナー》

平成二十五年

歌会始御題　立*

天地《あめつち》にきざし来たれるものありて君が春野に立たす日近し

打ち水*

花槐《はなゑんじゆ》花なき枝葉そよぎいで水打ちし庭に風立ち来たる

遠野＊

何処《いづこ》にか流れのあらむ尋《たづ》ね来し遠野静かに水の音する

演奏会＊

左手《ゆんで》なるピアノの音色《ねいろ》耳朶《じだ》にありて灯《ひ》ともしそめし町を帰りぬ

平成二十六年

歌会始御題　静*

み遷《うつ》りの近き宮居に仕ふると瞳《ひとみ》静かに娘《こ》は言ひて発《た》つ

ソチ五輪*

「己《おの》が日」を持ち得ざりしも数多《あまた》ありてソチ・オリンピック後半に入る

宜仁親王薨去＊

み歎きはいかありしならむ父宮は皇子《みこ》の御肩《おんかた》に触れましましとふ

学童疎開船対馬丸《つしままる》＊

我もまた近き齢《よはひ》にありしかば沁《し》みて悲しく対馬丸思ふ

平成二十七年

歌会始御題　本*

来《こ》し方《かた》に本とふ文《ふみ》の林ありてその下陰に幾度《いくど》いこひし

石巻線の全線開通*

春風も沿ひて走らむこの朝女川駅《あしたをながは》を始発車いでぬ

ペリリュー島訪問＊

逝《ゆ》きし人の御霊《みたま》かと見つむパラオなる海上を飛ぶ白きアジサシ

ＹＳ11より五十三年を経し今年＊

国産のジェット機がけふ飛ぶといふこの秋空の青深き中

平成二十八年

歌会始御題　人*

夕茜《ゆふあかね》に入りゆく一機若き日の吾《あ》がごとく行く旅人やある

一月フィリピン訪問*

許し得ぬを許せし人の名と共にモンテンルパを心に刻む

被災地　熊本＊

ためらひつつさあれども行く傍《かたは》らに立たむと君のひたに思《おぼ》せば

神武天皇二千六百年祭にあたり
橿原神宮参拝＊

遠つ世の風ひそかにも聴くごとく樫の葉そよぐ参道を行く

平成二十九年

歌会始御題　野*

土筆《つくし》摘み野蒜《のびる》を引きてさながらに野にあるごとくここに住み来《こ》し

旅*

「父の国」と日本《にっぽん》を語る人ら住む遠きベトナムを訪《おとな》ひ来たり

第二次大戦後、ベトナムに残留、彼地に家族を得、後、単身で帰国を余儀なくされし日本兵あり

名*

野蒜《のびる》とふ愛《いと》しき地名あるを知る被災地なるを深く覚えむ

南の島々*

遠く来て島人《しまびと》と共に過ごしたる三日《みつか》ありしを君と愛《かな》しむ

平成三十年

歌会始御題　語＊

語るなく重きを負《お》ひし君が肩に早春の日差し静かにそそぐ

与那国島＊

与那国の旅し恋ほしも果ての地に巨《おほ》きかじきも野馬《のうま》も見たる

晩夏＊

赤つめくさの名ごり花咲《ばな》くみ濠べを儀装馬車一台役終《やくを》へてゆく

移居といふことを＊

去れる後《のち》もいかに思はむこの苑《その》に光満ち君の若くませし日

平成三十一年

歌会始御題　光*

今しばし生きなむと思ふ寂光に園《その》の薔薇《さうび》のみな美しく

*を付けた御歌の解説

昭和三十五年

歌会始御題　光

春に来る新しい生命の誕生をお心に、あまたの生命をはぐくむ土への思いを詠まれたもの。

昭和四十二年

大学時代の恩師をいたみて

聖心女子大学初代学長マザー・エリザベス・ブリット永眠

昭和四十五年

明治神宮御鎮座五十年にあたり

明治天皇御製「あさみどり澄みわたりたる大空の広きをおのが心ともがな」

昭和五十年

汐風

皇后さまは、昭和三十八年、ご流産の後に葉山御用邸で約三ヶ月間ご療養になった。

昭和五十三年

五島美代子師をいたみ

「目さむればいのちありけり露ふふむ朝山ざくら額《ぬか》にふれゐて」五島美代子「全歌集」より

昭和五十四年

睡蓮

皇后さまは、かつて那須御用邸の附属邸にご滞在中、昭和天皇と香淳皇后のお誘いで、敷地外の水辺をご散策になった折、昭和天皇から野生のスイレンであるヒツジグサの花をお教えいただいたことを大切な思い出としてこられた。両陛下はこのヒツジグサを、後に清子内親王殿下(現・黒田清子様)のお印に選ばれている。

昭和五十八年

吹雪

登山家の加藤保男は、昭和五十七年十二月、日本人初の冬期エベレスト登頂に成功した後、下山中に消息を絶った。

昭和六十年

歌会始御題　旅

昭和五十九年、当時学習院女子中等科第三学年にご在学中でいらした清子内親王殿下(現・黒田清子様)は、初めて英国(イングランド、スコットランド)をご旅行になっている。

昭和六十二年

佐藤佐太郎先生をいたみて

「杖ひきて日々遊歩道ゆきし人このごろ見ずと何時人は言ふ」佐藤佐太郎「星宿」より

平成元年

ベルリン

平成元年十一月、ベルリンの壁崩壊。

平成二年

昭和天皇をお偲びする歌会御題　晴

昭和六十四年、歌会始を間近にして昭和天皇が崩御になった。この年に準備されていた内容をそのままに、両陛下は平成初の歌会始を「昭和天皇をお偲びする歌会」としてお催しになった。橋は、この年に完成した瀬戸大橋。

文仁親王の結婚を祝ふ

この年六月、第二皇子礼宮文仁親王殿下ご成婚。秋篠宮家をご創立。

明治神宮御鎮座七十年にあたり

明治天皇御製「静かなる心のおくにこえぬべき千年の山はありとこそきけ」

冬枯

バンダーは、鳥に足環などをつけて学術的な調査を行う鳥類標識調査従事者となるための資格。

氷

悠紀主基の屏風は、大嘗祭後の饗宴のために作られる悠紀主基地方の風俗を歌と絵画で表現した一対の屏風。

旬祭

旬祭は、毎月一日、十一日、二十一日に行われる御祭祀。天皇陛下は通常各月一日の祭祀にお出ましになり国の無事をご祈願になる。

平成

黄丹は皇太子の召す御袍《ごほう》の色で、太陽を表わす濃い朱色。御即位になり黄櫨染《こうろぜん》の御袍にお替えになるまで、陛下は常にこの色の御袍で宮中祭祀に臨んでおられた。

平成三年

多磨全生園を訪ふ

多磨全生園は、ハンセン病療養施設。

雲仙の人びとを思ひて

平成三年六月、雲仙普賢岳噴火。

わたつみ

「荒潮のうなばらこえて船出せむ広く見まはらむとつくにのさま」今上陛下御製　昭和二十八年の歌会始御詠進。

平成四年

歌会始御題　風

皇后さまは、皇居の御養蚕所で蚕を、屋外で野生の天蚕《てんさん》を飼育されているが、五月のある日、屋外の櫟で飼われている天蚕をご覧になった折のことをお詠みになった御歌。

植村直己氏を偲ぶ

「春の落葉」に、若くして逝った冒険家を悼むお気持ちを重ねてお詠みになった御歌。「デナリの山」は、一九八七年にマッキンレー山と命名されたが、二〇一五年、オバマ大統領はアラスカ先住民が長年呼んできたこの名称に変更した。

シャトル

日本初の宇宙飛行士としてスペースシャトル「エンデバー」に搭乗の毛利衛氏と地上の向井千秋氏、土井孝雄氏は、マモル、チアキ、タカオとお互いの名を呼び合いながら交信を行った。

平成五年

歌会始御題　空

平成四年、両陛下は国賓として中国をご訪問になった。その帰路、お召機から美しい夕映えの空をご覧になってお詠みになった御歌。

皇太子の結婚を祝ふ

平成五年、皇太子殿下ご成婚。

月

平成五年のお誕生日の朝、皇后さまは、新御所建設をめぐる報道（建設に関する報告、決定に全く関与されていないにもかかわらず、皇后さまにより昭和天皇の愛した自然林が伐採されたとの報道)を発端とする一連の皇室批判により倒れられ、失語の状態でその後の六ヶ月を過ごされた。

移居

平成五年十二月、赤坂より皇居の新御所にご移居。

平成六年

歌会始御題　波

「うりずん」は、沖縄の言葉で若夏の季節をあらわす。平成五年、両陛下は沖縄をご訪問。糸満市では慰霊の後、海ぎわの「礎《いしじ》」をお訪ねになった。

硫黄島

平成六年、両陛下は、翌七年に巡り来る終戦五十周年をご念頭に、復帰二十五年を迎えた小笠原島へのご訪問に先立ち硫黄島をご訪問になった。岩盤に掘られた地下壕で地熱と喉の渇きに苦しんだ兵士らを思われて詠まれた御歌。

平成七年

歌会始御題　歌

ロス・アンジェルスの日系引退者ホーム。両陛下は平成六年、国賓として米国をご訪問。

よもぎ

平成七年、阪神淡路大震災。

広島

平成七年、両陛下は終戦五十年の機会に広島をご訪問。原爆投下後の広島には「黒い雨」が降ったという。

平成八年

歌会始御題　苗

御手植えの苗の育ちをご覧に皇居の田にお出ましの陛下をお見送りになった後、日本各地の田にそよぐ早苗を思い浮かべてお詠みになった御歌。

秩父宮妃殿下をお偲びして

平成七年八月、秩父宮妃勢津子殿下薨去《こうきょ》。

平成九年

歌会始御題　姿

この前年若田光一氏、宇宙飛行を終え無事帰還。若田氏は、つぎの飛行の際、この御歌に対する返歌を宇宙から皇后さまにお送りした。

日本海重油流出事故

平成八年、日本海沖にて外国船タンカーの事故があり、福井など日本海沿岸の渚が被害を受ける。

平成十年

歌会始御題　道

平成九年、両陛下は国賓としてブラジル、アルゼンチンをご訪問。日系移民の経てきた年月を、年ごとに咲くブラジルの国花イペーに重ねてお詠みになった御歌。

英国にて元捕虜の激しき抗議を受けし折、かつて「虜囚」の身となりしわが国人の上しきりに思はれて

平成十年、両陛下は国賓として英国をご訪問。

平成十一年

歌会始御題　青

平成十年、長野において冬季オリンピック開催。

平成十二年

歌会始御題　時

癒やされてからの日々を「新生」として、感謝のうちに毎日を過ごす友人のために、時がどうか穏やかに流れて行ってほしいという気持ちをお詠みになった御歌。

オランダ訪問の折に

両陛下の慰霊碑へのご供花のあと、戦争被害者の一群が白い菊を一輪ずつもって行進を行い、その花を慰霊碑の柵のまわりに立てかけて帰った。両陛下はその夜遅くご宿舎にお帰り後、窓から見える慰霊碑の元に昼間陛下がお供えになった花輪と、更にその下段には、夕方になり柵の中に運び入れられた白菊も並べられて、白夜の光の中に浮かんでいる様を感慨深くご覧になったという。この年、両陛下は国賓としてオランダをご訪問。

香淳皇后御舟入の儀

この年六月、皇太后陛下（香淳皇后）崩御。御舟入《おふねいり》とは高貴な方の亡きがらを棺に納めること。またその儀式をいう。

草道

眞子、佳子両内親王さまが御所のお庭でお遊びになっておられるご様子をご覧になって、お詠みになったもの。背の高い草をかき分けてお子さま達がお通りになった跡が、動物たちの道あとを思い起こさせ、小さく、傷つきやすいものへのいとおしさをおぼえられた、という。

平成十三年

歌会始御題　草

任官して初めて各部所に立つ若い皇宮護衛官の姿を、御苑に春の若草が一斉に萌えるさまと重ねてお詠みになった御歌。

野

春深いバーミアンの野に、今はもう石像のお姿がない。人間の中にひそむ憎しみや不寛容の表れとして仏像が破壊されたとすれば、しらずしらず自分もまた一つの弾を撃っていたのではないだろうか、という悲しみと怖れの気持ちをお詠みになった御歌。

（参考）皇后さまは昭和四十六年（一九七一年）アフガニスタン公式訪問中、陛下とバーミアンをお訪ねになり、同年「アフガニスタンの旅」という御歌をお詠みになっている（本書三十七頁）。この時すでに石像のお顔はそがれていたが、この度はタリバンにより撃たれ、爆破された。

明治神宮御鎮座八十年にあたり

明治の開国にあたり、明治天皇が広く世界の叡智に学ぶことを奨励なさると共に、日本古来の思想や習慣を重んじられ、国の基を大切にお守りになったことへの崇敬をお詠みになった御歌。

（参考）平成十二年の明治神宮御鎮座八十周年にあたり、御製、御歌の願い出があったが、同年六月に香淳皇后が崩御になり、この年の御献詠となった。

絲竹会四百五十回にあたり

貞明皇后御歌「糸竹の道栄えにし古《いにしへ》に引き返す可く励み合はなむ」

凩

十一月、初凩が激しく吹いた夕方、出産の日を待たれる東宮妃殿下の上を思われてお詠みになった御歌。

（参考）御出産十二月一日

平成十四年

歌会始御題　春

家々のガラス窓、アルミ・サッシ、椿の葉など、光を照り返すものが悉く光を放つ、早春の日の輝かしい美しさをお詠みになった御歌。

八王子市に「げんき農場」を訪ふ

三宅島の噴火から避難して都内に暮らす人々の営む八王子の農場を、三月におたずねになった時の御歌。島の産物である明日葉を植えながら、どんなに三宅の土を恋しく思っているだろう、との思いをお詠みになった。三宅島の雄山は平成十二年七月噴火。同年九月、全島民避難。この農場は島民のために東京都によって設置された。

芽ぐむ頃

平成十四年六月、アフガニスタンの内戦終結。それまで教育に携わることを禁じられていたが、学校の再開に備え、青いブルカを頭上まで上げて女学校の校庭に集まって来た女性教師たちのことを報道でご覧になり、木々の少ないカブールにも芽吹きの時が来たことであろうと遠い地に思いを馳せられながらお詠みになった。

夏近く

「かの町」は平成初年まで度々に夏を過ごされた軽井沢町。たずねていった野で夕すげの花は月の色をして咲いていたことだったが、と、往時を懐かしんでお詠みになった。夕すげはアサマキスゲとも呼ばれ、夕刻から開花するユリ科の花。平成二十年からは、また軽井沢で毎年数日をお過ごしになっている。

平成十五年

歌会始御題　町

桜が降るように舞う夕方、ひと時の幸せを分け合っているように、町のあちこちに佇み、花を楽しむ人々の様子をお詠みになった御歌。

春

この年の一月、陛下は東大病院にて前立腺摘出の手術をお受けになった。おほけなく「もったいない程に有難く」という、感謝のお気持ちを云われている。

出雲大社に詣でて

国つ神大国主命が天つ神に国を譲り、自らは出雲に祀られて、国と人々の安寧を護られている神秘に思い馳せてお詠みになっている。

日本復帰五十年を迎へし奄美にて

奄美群島日本復帰五十周年の式典にご出席になった翌早朝、両陛下は笠利町の宿舎に隣接する土盛海岸にお出ましになり、日の出をご覧になったその折の御歌である。

平成十六年

歌会始御題　幸

陛下のご手術で明けた平成十五年にも、両陛下は北海道から奄美大島にいたる沢山の旅をなさった。この御歌は、行幸啓の先々で陛下のご健康とお幸せを願う人々の声が、お車に添い町を渡っていく様をお詠みになっている。

南静園に入所者を訪ふ

この年の一月、両陛下が沖縄の宮古島でハンセン病療養所南静園をお訪ねになった折、以前、沖縄本島で同様の施設を訪ねられた時の皇后さまの御歌（昭和五十一年「歌会始御題　坂」本書五十四頁）に詠まれていたからだろうか、両陛下をお迎えする園内には、まだ季節には早いゆうなの花の蕾が一つ飾られており、このことと、入所者との静かな語らいの思い出を重ねて、この御歌を詠まれている。

踊り

この年の八月、京都行幸啓にあたり、八瀬の人々が京都御所の前庭で踊りをお目にかけた。その夜、踊りの人々と共にご覧になった三日月を若い月としてお詠みになっている。八瀬は京都左京の一地区。この村の人は昔より八瀬童子と称し、朝廷の重要な儀式や天皇の行幸の際に、御輿（天皇の乗り物）をになう役割にあたった。

幼児生還

中越地震の被害者の一人であった幼児が、四日ぶりに土石の下から救出された喜びを詠まれた御歌。空におおいぬ座のシリウス(天狼星)が登る季節、ある時は天狼の眼も守ったのだろうか、と詠まれている。

平成十七年

歌会始御題　歩み

夏の朝、ご散策の小径で、完治はなさらずとも清《すが》やかに歩まれる陛下のお姿をお詠みになっている。

御料牧場にて

平成十七年三月、高根沢御料牧場にいらした折、自転車でずっと先を行かれた眞子、佳子両内親王さまが、ふり返って何かを告げようとしておられるのだが、言葉は定かには分からず、ただ楽し気な笑い声だけが届いて来る様をお詠みになっている。

サイパン島

終戦六十年に当たる平成十七年六月、両陛下はサイパン島に慰霊の旅を果たされた。この御歌は、絶望的な戦況の中で島の果ての断崖から身を投じていった女性たちのことを思われてお詠みになったものである。

清子内親王の結婚を祝ふ

平成十七年十一月、紀宮殿下は黒田慶樹《よしき》様と結婚された。これは、お小さいころの宮様との日々を思い起こされ、嫁ぎ行く宮様に思いを寄せてお詠みになった御歌である。

平成十八年

歌会始御題　笑み

平成十七年一月、両陛下は阪神淡路大震災十周年を迎えた神戸市を訪れ、市街地の復興ぶりを視察された。町で出会う人々と笑みを交わし、復興の喜びを分かち合われながらも、それぞれの人が越えてきた苦難を思い涙ぐまれた記憶を詠まれたもの。

初場所

両陛下は平成十八年一月、お揃いで大相撲をご覧になった。御歌は、この年が平穏に明け、陛下が恒例の初場所におでましになったことの安堵と喜びをお詠みになったもの。ちなみに在ペルー日本国大使公邸で人質事件のあった翌年の平成九年、および陛下がご手術のため入院された平成十五年には、両陛下の初場所のお出ましはない。

月の夜

平成十八年二月、秋篠宮妃殿下のご懐妊が発表された。この御歌は、第三子とはいえ久々のご懐妊であったため、あたかも初めてのお子さまであるかのような少し緊張したご表情で、妃殿下が皇后さまに胎動を告げられるご様子をお詠みになったものである。

帰還

サマワの自衛隊員に、両陛下は長い間御心を寄せておられた。この御歌は、この年に自衛隊のサマワよりの撤退と隊員の帰国が決まり、ホッとされたお気持ちを、雨間に鳴くヒグラシの声に託してお詠みになったもの。

平成十九年

歌会始御題　月

皇后さまは、毎年元日の早暁、その年最初の宮中祭祀にお出ましの陛下をお見送りになり、その後、陛下の御拝の時刻に合わせ、ご自身も戸外に出て遙拝をなさるが、この御歌は、その時刻、年毎に違う月星の並び方や、月の満ち方を見るのを楽しみに、まず空を見上げられる長年の習慣をお詠みになったもの。

リンネ生誕三百周年

分類学の父、リンネの生誕三百年にあたり、本年五月、両陛下はスウェーデン、英国両国の要請に応え、まずリンネが研究生活を送ったスウェーデンのウプサラを御訪問、大聖堂と大学における式典に臨まれ、次いでリンネの標本の大多数を所持するロンドンのリンネ協会において、陛下は基調講演を行われた。この御歌はご自身分類の研究者であられる陛下の、この時のウプサラ御訪問をお詠みになったもの。

玄界島

本年十月、両陛下は二年前の福岡県西方沖地震により全島民が避難を余儀なくされた玄界島をご訪問になった。この御歌は被災後、島を離れ、福岡市内の施設に避難した島民のうち四百人余りが帰島し、島での生活を始めたことに安堵されると共に、島人の今後を思われつつ離島された時のお気持ちを詠まれたもの。

滋賀県　豊かな海づくり大会

本年十一月、両陛下は滋賀県を訪問され、内水面地域では初めての開催となる「全国豊かな海づくり大会」に御臨席になった。この御歌は、琵琶湖の水質を整えるために植えられるよう手渡された葭の苗が若い漁業後継者に抱かれるようにして植栽の予定地である湖岸に運ばれていく様をお詠みになったもの。

平成二十年

歌会始御題　火

地方行幸啓に際し、一日の行事を終えられた後、地元有志の提灯奉迎をお受けになることがある。この御歌はその時の情景をお詠みになったもの。

北京オリンピック

北京オリンピックで、北島康介選手が平泳ぎの百メートル決勝で世界新記録を出し一位となった。直後のインタビューで、思わず発したこの言葉をお聞きになったとき、本当にそうだろう、とそれにうなづかれたお気持ちを詠まれたものである。

旧山古志村を訪ねて

平成二十年九月、両陛下は平成十六年の中越地震で甚大な被害を被った長岡市山古志地区で復興の進む様子を視察され、地震当時子牛として疎開し、今は村にもどった二頭の若牛が、伝統の行事である牛の角突きを練習する光景をご覧になった。この御歌は、平和のもどった村で、素直に角を合わせて押し合う牛の様子を詠まれている。

正倉院

長い間天皇の勅封で守られてきた正倉院宝物は、近年、秋のおよそ二ヶ月間だけ宝庫の勅封が解かれ、点検を受け、再び封をされて保管される。この御歌は、平成二十年十月、第六十回目となる正倉院展をご覧のために奈良国立博物館を訪問され、併せて正倉院で宝物管理の様子をご覧になり、その折の印象を詠まれたものである。

平成二十一年

歌会始御題　生

春浅い御所のお庭で、やわらかな日差しを受け、蚊柱をなして舞っているユスリカの群れをご覧になり、命あるものの愛おしさ、かなしさをお詠みになった。

カナダ訪問

七月、カナダ国を訪問された両陛下は、オタワに到着されると、時差調整を兼ねて、週末をケベック州にある首相の夏期別荘であるハリントン・レイクで過ごされた。この御歌は、この地に到着された日の夕方の光景を詠まれたもの。

宇宙飛行士帰還

四ヶ月半に及ぶ国際宇宙ステーションでの長期滞在を終えて無事に帰還した若田光一宇宙飛行士が、帰還直後の記者会見で、ハッチが開いて草の香りがシャトルに入ってきたとき、地球に迎え入れられた気がしたと語った。この御歌はそのことを詠まれたもの。

御即位の日　回想

平成二年十一月、陛下の即位の礼が執り行われ、正殿の儀に続き祝賀御列の儀に臨まれた両陛下は、柔らかい秋の日差しの中、十万人を越す人々の歓迎をお受けになりながら、赤坂御所までオープンカーでお帰りになった。その時の陛下の御様子を思い出されて詠われた御歌である。

平成二十二年

歌会始御題　光

御成婚五十年をお迎えになった平成二十一年四月頃の御歌。暮れなずむ皇居内を、陛下と御散策になった折の印象を詠まれている。

明治神宮御鎮座九十年

本年、明治神宮鎮座九十年祭にあたり、神宮からの願い出に応え、献詠された御歌。

明治天皇御製「たかどのの窓てふ窓をあけさせて四方《よも》の櫻のさかりをぞみる」をお心にもたれてお詠みになっている。

FIFAワールドカップ南アフリカ大会

本年六月から七月にかけて、南アフリカ共和国においてFIFAワールドカップが開催された。ホイッスルの鳴るごとに戦いの終わるスポーツの世界の喜ばしさを詠われた御歌。

「はやぶさ」

小惑星探査機「はやぶさ」は、小惑星イトカワにおいて試料を収集し、平成二十二年六月十三日に地球に帰還を果たした。御歌は、長い宇宙の旅を終え、「はやぶさ」が煌々と輝きながら大気圏に突入した時のことをお詠みになったもの。

平成二十三年

歌会始御題　葉

春に咲く花芽を守るように、枯葉を枝に残したまま冬を越したまんさくの木に、早春、初めての黄色いひと花が咲いたのをご覧になった時の喜びをお詠みになった御歌。

手紙

東日本大震災に伴う津波に両親と妹をさらわれた四歳の少女が、母に宛てて手紙を書きながら、その上にうつぶして寝入ってしまっている写真を新聞紙上でご覧になり、そのいじらしさに打たれて詠まれた御歌。なお、少女の記した原文は、「ままへ。いきてるといいね　おげんきですか」。

海

お見舞いのために御訪問になった被災地で、今はもう何事もなかったかのように穏やかな海をご覧になり、町や田畑を壊し、多くの人命を奪ったあの津波はいったい何であったのかと訝るお気持ちを詠まれている。

この年の春

御所のお庭に春から夏にかけて咲くドクダミの白い十字の花をご覧になり、災害により多くの人を失ったこの年の春を思って詠まれた。

平成二十四年

歌会始御題　岸

俳句の季語を集めた歳時記に「岸」という項目はなく、そのことから、春夏秋冬季節を問わず、あちこちの岸辺で誰かの帰りを待って佇む人の姿に思いを馳せてお詠みになられた御歌。この度の津波で行方不明となった人々の家族へのお気持ちと共に、戦後の外地からの引揚げ者、シベリアの抑留者等、様々な場合の待つ人待たれる人の姿を、「岸」という御題に重ねてお詠みになっているようである。

復興

両陛下は、平成二十三年に引き続き翌二十四年も宮城県、長野県、福島県の被災地を御訪問になり、東日本大震災等の被災者を見舞われ、支援者をお労いになった。この御歌は、地震と津波により失われた人命、家、周囲の自然等、その全てを面影として心に抱きつつ、今一度復興に向け立ち上がろうとしている北国の人々に思いを寄せて、お詠みになったもの。

着袴の儀

平成二十三年十一月三日、赤坂東邸において、悠仁親王殿下の「着袴《ちゃっこ》の儀」、「深曽木《ふかそぎ》の儀」が行われた。儀式の中で碁盤の上に立ち、しっかりと姿勢を正された悠仁親王殿下のお姿をお詠みになった御歌。

旅先にて

この年十一月の沖縄県行幸啓の際、普通伝統的沖縄家屋に付されているシーサー(魔除けの焼き物の唐獅子)が、近代的な工場の二本の門柱の上にも置かれているのを微笑ましく御覧になり、御自分が今沖縄の地にあることをしみじみと思われてお詠みになった御歌。

平成二十五年

歌会始御題　立

平成二十四年二月の冠動脈バイパス手術の後、陛下にはしばらくの間、胸水貯留の状態が続いておすぐれにならず、皇后さまは、「春になるとよくおなりになります」という医師の言葉を頼りにひたすら春の到来をお待ちであった。この御歌は、そのようなある日、あたりの空気にかすかに春の気配を感じとられ、陛下がお元気に春の野にお立ちになる日もきっと近い、というお心のはずむ思いをお詠みになったもの。

打ち水

御所のお庭には、春に花を咲かせるハナエンジュが植えられている。この御歌は、暑い夏の日、風が、花のなくなったハナエンジュの枝葉を揺らしながら、打ち水をしたお庭をそよぎ渡っていった涼しげな情景をお詠みになったもの。

遠野

この年七月、両陛下は、東日本大震災に伴う被災地ご訪問のため、岩手県の大船渡市、陸前高田市等をお訪ねになったが、それに先立ち、後方支援で大きな役割を果たしている内陸の遠野市をまずお訪ねになった。その折、静かな水の音を耳にされ、川の流れがどこかにあるのではとお感じになりお詠みになった御歌。

演奏会

この年十一月、皇后さまは、舘野泉氏の演奏を御鑑賞になった。この御歌は、左手のみで奏でられる美しいピアノの音色の余韻を耳に残されたまま、灯りがともり始めた夕暮れの町をお帰りになったときのことをお詠みになっている。

平成二十六年

歌会始御題　静

黒田清子様は、神宮式年遷宮にあたり、臨時神宮祭主として、平成二十四年の拝命以来度々に神宮の諸祭事に御奉仕になった。この御歌は、御遷宮の間近い平成二十五年九月、黒田様が、伊勢への御参向を前に、両陛下に御挨拶に訪れられた際のご様子をお詠みになったもの。

ソチ五輪

この年二月、ロシア連邦のソチにおいて開催されたオリンピック冬季競技大会で、オリンピックを「自分の日」にはできず敗れ去っていった多くの選手たちの様子を目にされての御歌。

宜仁親王薨去

宜仁親王殿下には、この年六月八日、薨去された。この御歌は、御舟入の際に三笠宮殿下が宜仁親王殿下のお肩にお触れになったことをお聞きになり、御子若宮をお失いになった三笠宮殿下の深いお悲しみをお思いになってお詠みになったもの。

学童疎開船対馬丸

この年六月、両陛下は、先の大戦で撃沈された学童疎開船「対馬丸」の犠牲者慰霊のため、沖縄県を御訪問になった。対馬丸の犠牲者の多くが御自身と同じ年代の子どもたちであったことをとりわけ悲しくお感じになりお詠みになっている。

平成二十七年

歌会始御題　本

丁度林の木陰で憩うように、過去幾度となく本によって安らぎを得てこられてきたことを思い起こされ、本に対する親しみと感謝の気持ちをお詠みになったもの。

石巻線の全線開通

東日本大震災で被災し、一部区間の不通が続いていたＪＲ石巻線は、この年三月、女川駅─浦宿駅間の復旧により四年ぶりに全線開通し、その始発列車は女川駅からの出発となった。この御歌は、開通の知らせを嬉しくお聞きになりお詠みになったもの。

ペリリュー島訪問

両陛下は、平成二十七年四月、慰霊のためパラオ共和国を御訪問になった。お泊まりになった海上保安庁の船、「あきつしま」からヘリコプターで西太平洋戦没者の碑があるペリリュー島に向かわれる途中、眼下にサイパン島のスーサイド・クリフでご覧になったのと同じ白いアジサシが飛ぶ様子を、亡くなった人々の御霊に接するようだとお感じになりつつ見入られたことをお詠みになっている。

ＹＳ11より五十三年を経し今年

この年十一月、国産初のジェット旅客機ＭＲＪ（ミツビシ・リージョナル・ジェット）が、戦後初の国産プロペラ旅客機ＹＳ11以来五十三年ぶりに、初の試験飛行に成功した。この御歌はＭＲＪが秋の青く澄み渡る空に飛んでいる様に思いを馳せ、お詠みになったもの。

平成二十八年

歌会始御題　人

夕方の茜色に染まる方角へと進んでいく飛行機をご覧になりながら、お若い頃お一人で欧米を旅されていた頃を思い出され、あの一機にも、自分と同じような旅する若者が乗っているのだろうかと想像され、お詠みになっている。

一月フィリピン訪問

平成二十八年一月のフィリピン国ご訪問の折、両陛下は、エルピディオ・キリノ元大統領の子孫にあたる人々とお会いになり、感謝のお気持ちをお伝えになった。先の大戦で妻子四名を失った同大統領が、それにもかかわらず、戦後、モンテンルパ刑務所に収容されていた日本人戦犯百余名を恩赦し、帰国を認めたときのことをお思いになってお詠みになっている。

被災地　熊本

両陛下は、平成二十八年四月の熊本地震の発生した翌五月に熊本県をお見舞いになった。被災地に向かわれるその都度、このような状況下にある人々を、果たして自分などが見舞うことが出来るだろうか、という恐れに近いためらいを持たれつつ、それでも「人々の傍らに」とお思いになる陛下のひたむきなお気持ちに添い、被災地をお訪ねになるお心のうちをお詠みになっている。

神武天皇二千六百年祭にあたり

橿原神宮参拝

この年四月、両陛下は、神武天皇二千六百年式年祭の年にあたり神武天皇陵を御参拝になるとともに、神武天皇をお祀りする橿原神宮を御参拝になった。この御歌は、ふと遠い歴史の彼方から吹いてくるひそやかな風の音を聞くようなお気持ちで、樫の葉のそよぎを聞かれつつ参道をお進みになった際のことをお詠みになっている。

平成二十九年

歌会始御題　野

両陛下のお住まいである御所のお庭には様々な野草が生育しており、両陛下は、ときに職員もお誘いになり、春のつくし摘み、秋のギンナン拾い等、季節々々の自然を楽しみつつお過ごしになっていらっしゃった。この御歌は、都心の御所に住まわれながら、あたかも野に住むように過ごして来られたこれまでの御所でのご生活を感慨深く振り返り、お詠みになっている。

旅

ベトナムには、第二次大戦後ベトナムに残り、フランスからの独立戦争に参画した日本兵が、現地で家庭を持ちながらその後帰国を余儀なくされたことにより、同国内にとり残されたベトナム人家族が何組もある。この御歌は、この年春の同国ご訪問時、陛下と共にこうした家族の人々とお会いになったときのことをお詠みになったもの。

名

東日本大震災発生以来、皇后さまは陛下と共に被災地の状況に日々お心を寄せておられたが、発生後間もなく、数ある被災地の中に、春、御所のお庭でよく摘んでいらした野蒜と同じこの地名を見出され、お心に留めていらした。この御歌は、その頃からのお気持ちをこのような歌の形でお書きとめになっていたもの。

南の島々

本年十一月、両陛下は、鹿児島県をご訪問になり、新岳噴火で全島避難を余儀なくされた口永良部島住民と屋久島でご懇談になるとともに、初めて沖永良部島と与論島を訪問された。それぞれの島において島民の人々と触れ合われた三日間を、両陛下が大切に思い出とされているお気持ちをお詠みになっている。

平成三十年

歌会始御題　語

陛下は、長い年月、ひたすら象徴としてのあるべき姿を求めて歩まれ、そのご重責を、多くを語られることなく、静かに果たしていらっしゃった。この御歌は、そのような陛下のこれまでの歩みをお思いになりつつ、早春の穏やかな日差しの中にいらっしゃる陛下をお見上げになった折のことをお詠みになっている。

与那国島

両陛下は、この年三月、日本最西端の地である沖縄県与那国島をご訪問になった。この御歌は、島の人々の説明を受けながら同島西端の西崎《いりざき》で水揚げされた巨大なカジキ、東端の東崎《あがりざき》で島の野馬等をご覧になったこの旅のことを懐かしく思い出され、お詠みになっている。

晩夏

アカツメクサの花期も終わりに近づく晩夏、新任に当たり陛下に信任状を捧呈した外国の大使を送った儀装馬車が、役目を終え皇居のお濠端をゆっくりと戻っていく姿をお認めになったときのことをお詠みになったもの。

移居といふことを

平成三十一年四月末の陛下の御譲位の後、両陛下は平成五年十二月からお住まいになってきた御所から高輪皇族邸にお移りになることとなっている。この御歌は、御所にお移りになって間もない時期、お庭にお出ましのまだお若かった陛下のご様子を思い起こされてお詠みになったもの。

平成三十一年

歌会始御題　光

高齢となられ時にお心の弱まれる中、一夕《ひと》、御所のバラ園の花が、寂光《じゃっこう》に照らされ、一輪一輪浮かび上がるように美しく咲いている様《さま》をご覧になり、深い平安に包まれ、今しばらく自分も残された日々を大切に生きていこうと思われた静かな喜びのひと時をお詠みになっている。

御歌集『瀬音』の刊行に寄せて

この度大東出版社が、かねてからの念願であった皇后様のご歌集を出版するにあたり、同社より幾つかの御歌の背景に触れつつ、一文を記すよう依頼をお受けいたしました。ご歌集には、皇后様のご成婚以来今日までの、折にふれてのご詠草三百六十七首が含まれております。今そのご歌集を拝読し、皇后様が御所で経ていらした三十七年の歳月をしみじみと思いますと共に、どのような日々にも、皇后様が決してお失いになることのなかったお心のみずみずしさに、改めて深く心を打たれるものでございます。

今回のご歌集刊行は、大東出版社の社主、故岩野喜久代さんの強いご希望によるものと伺っております。御自身も歌人であられた喜久代さんは、皇后様がまだお若い東宮妃でいらした頃より、その御歌に心をひかれ、年毎の歌会始の御歌、また、平成に移りましてからは、年初ご発表の御歌を拝読なさるにつけ、『ともしび』以降の御歌を含む皇后様の御歌を、ぜひ一冊のご本にしたいという念いをお持ちでいらしたようでございます。この願い出が侍従職に提出され、検討に付されておりましたさなか、喜久代さんは九十三歳の天寿を全うされましたが、そのお志が社に引き継がれ、このご歌集の刊行に至りましたことと伺いました。ここに謹んで喜久代さんのご冥福をお祈り申し上げます。

❖

私が御所に上がりましたのは、昭和四十四年、皇后様はまだ三十代のお若い妃殿下でいらっしゃいました。既にお二人の親王様のお母宮でいらっしゃり、上がりました直後には紀宮様がご誕生になりました。その折のことを皇后様は、

そのあした白樺の若芽黄緑の透《す》くがに思ひ見つめてありき
部屋ぬちに夕べの光および来ぬ花びらのごと吾子《わこ》は眠りて

と、二首の御歌でご記録になっていらっしゃいます。

御所のご生活は、簡素でゆかしいものでございました。ご多忙なご生活の中で、一年を通し宮中のお行事や祭祀がしっかりと守られており、皇后様は、その合間を縫うように、様々

な勉学にもお励みでございました。張りつめたご生活でございましたが、若いご家庭ならではの充実感が漲っており、その中で、両陛下がお子様方を慈しみ深くお育てでございました。

また、私にとり忘れられませんのは、両陛下がご都合の許す限り、毎週水曜日、皇居吹上御所に当時の天皇皇后両陛下をお訪ねになっていらしたことでございます。ご成婚二十周年のご会見の折、陛下が皇后様のことにおふれになり、「私の仕事と私につながりのある人々を大切にしてくれた」と仰せでございましたが、神宮祭主でいらした陛下のお姉君、鷹司和子様が伊勢にお出ましの時、いつも近くの道路までお出ましになり、つつましくお車をお見送りになっていらした皇后様（当時の東宮妃殿下）のお姿も忘れることが出来ません。このご歌集には、皇后様が先帝陛下、皇太后様にご詠進になった御歌が沢山に集録されており、先の和子さまの薨去をお悲しみになった御歌も含まれております。先帝陛下のご手術後吹上に還御になりますみ姿を、

み車の運び静けし天足《あまた》らすみいのちにして還《かへ》り給ひぬ

とお詠みになりました御歌には、大空の端より端に至る陛下の長いご寿命を祈られるお想い

が溢れ、また、昭和五十四年、六十年の皇后宮ご誕辰のご詠進歌、

母宮の生《あ》れましし日もかくのごと光さやかに桃薫《かを》りけむ

春の灯《ひ》のゆるるお居間にこの宵をひひなの如く君もいまさむ

には、皇后様の皇太后様へのご思慕の情が拝されます。表現は慎ましくおありでしたが、深く両陛下をお慕いでいらっしゃいました。

❖

上がりました翌年の昭和四十五年、明治神宮のご鎮座五十年にあたり、初めて皇后様のご献歌を謹書させて頂きました。

ふり仰ぐかの大空のあさみどりかかる心と思《おぼ》し召しけむ

明治陛下の御製「あさみどり澄みわたりたる大空の広きをおのが心ともがな」を御心に、ある日見上げられた大空を、ああ、このような心をと聖上は思し召した、とお思いになったお気持ちが、広々とおおらかに詠まれており、緊張の中にも深い喜びをもって認《したた》めさせて頂きました。大和の大神《おおみわ》様おゆかりの花鎮めの祭をお詠みになった御歌、

三輪《みわ》の里狭井《さゐ》のわたりに今日もかも花鎮《しづ》めすと祭りてあらむ

も、宮司様のご依頼により、ご歌碑として謹書申し上げた懐かしい御歌でございます。この度のご歌集には、伊勢神宮、皇居の賢所《かしこどころ》始め、神宮神社に関わる多くの御歌が含まれております、ご多忙を極める現代の皇室にあっても、両陛下が数多い年間のご神事を欠かすことなくお務めになっていらっしゃいますことは、申し様もなく心強いことでございます。

❖

二十年の間には、沢山の旅のお伴も申し上げました。両陛下は、既に、多くの島々を含め、

日本の全都道府県をお訪ねになっていらっしゃいますが、国外においても、欧州、アフリカ、アジア、南北アメリカの五大陸の全て、及び大洋州に足跡をお記しになっており、公式にご訪問になった国は四十五ケ国に及びます。

み使ひの旅のみ伴《とも》と今日《けふ》は訪《と》ふ黄なる花さかるアドリアの岸

とお詠みになっている、今は分裂国家となったユーゴスラビア。同じく後に戦乱の地と化したアフガニスタンご訪問では、

バーミアンの月ほのあかく石仏《せきぶつ》は御貌《みかほ》削《そ》がれて立ち給ひけり

の御歌をお残しになりました。このバーミアンで、両陛下は丘の上のテント（パオ）にお泊りになったのですが、この夜バーミアンの村人たちは、美しい星空を両陛下にお見せしたいと、一時《いっとき》、住居の明かりを一斉に消してくれたのでした。河鹿《かじか》の声のしきる、美しい一夜でございました。

国内の旅行の御歌では、しのつく雨の中で行われた、観音崎の戦没船員の碑除幕式の御歌、

かく濡れて遺族らと祈る更にさらにひたぬれて君ら逝《ゆ》き給ひしか

が記憶に深うございます。両陛下の戦没者へのお思いは厚く、終戦五十年の年には広島、長崎、沖縄、東京の各地に慰霊の旅を遊ばしました。その前年には、遠く硫黄島をお訪ねになり、岩盤を掘った地下壕で、焼けるような地熱にあえぎつつ抗戦した人々へのお気持ちを、

慰霊地は今安らかに水をたたふ如何《いか》ばかり君ら水を欲《ほ》りけむ

とお詠みになりました。この年の歌会始における沖縄の御歌、

波なぎしこの平《たひ》らぎの礎《いしずゑ》と君らしづもる若夏《うりずん》の島

と共に、皇后様の平和御祈念の御歌として、深く心にとどめております。

❖

この度のご歌集のお題『瀬音』は、昭和五十六年、新年歌会始にご詠進になった、

わが君のみ車にそふ秋川の瀬音《せおと》を清《きよ》みともなはれゆく

に由るものと伺いました。同じ都下でございましても、秋川方面へのお出ましは珍しく、確かあの日両陛下は、秩父多摩国立公園での記念式典にご列席になり、併せて周辺の地域をお巡りになって、盲老人のための施設や玉堂美術館、水産試験場などをご視察になったのではなかったでしょうか。還御後、陛下とご同乗のお召車に、長いこと添って聞こえていた瀬音のことをお話し下さったのでございましたが、その日のお記憶から、「音」を御題とする翌年の歌会始への、この美しい詠進歌がお出来になりました。瀬音が寄り添っているのは「わが君のみ車」であり、その瀬音の清らかさに心を打たれつつ、陛下の御旅に随われる慎ましい緊張感が一首に漂い、本当に皇后様らしい御歌の中よりお題が選ばれたと存じます。皇后様の陛下へのお思いは、数々の御歌に拝見することが出来ますが、このご歌集中、御所にお

上がりの最初の年、新婚のご生活を初々しくお詠みになった御歌、

てのひらに君のせましし桑の実のその一粒に重みのありて

を拝見し、両陛下のご成婚二十五周年の記者会見を懐かしく思い起しました。この折、記者団が二十五年のご生活で特に印象に残っていることは、とお伺いしたのに対し、皇后様は、

「御所に上がってすぐのころ、まだ常磐松のころ、コジュケイの鳴いている朝の庭で、アスナロ、ヒノキ、サワラなど、木曽の五木のことを教えて頂いたり、ヤマグワの実を取って掌にのせて頂いたことなど、よく思い出します。」

と、お答えになっております。皇后様はいつも陛下のご存在を尊くお考えでいらっしゃいましたので、木の実や枝をとってお頂きになった日常のふとした出来事も、この上なく嬉しい思い出として、大切にお心におしまいになったのでございましょう。陛下への礼を美しく保たれ、このお姿は、お仕え申し上げた二十年の間、全く変わることがございませんでした。

そして、まだご婚約前のご交際時代、陛下の仰せられた「皇太子という立場で、公務は一切の私事に優先する」というお言葉をお忘れになることなく、未来の象徴とおなりになる陛下のお立場を、いつも深く認識なさっていらっしゃいました。

去年《こぞ》の星宿《やど》せる空に年明けて歳旦祭《さいたんさい》に君いでたまふ

神まつる昔の手ぶり守らむと旬祭《しゅんさい》に発《た》たす君をかしこむ

などに見られますご神事は、現在公務とは申しておりませんが、やはり私人としてのお立場を超え、国の安寧をお祈りになる陛下のお姿をお詠みになった御歌であり、

平和ただに祈りきませり東京の焦土《せうど》の中に立ちまししより

日本列島田ごとの早苗そよぐらむ今日わが君も御田《みた》にいでます

などの御歌の中でお見上げになっておいでになる陛下も、象徴としてのお姿に拝されます。

そして、こうした重いお立場を、ご誕生の時より皇太子としてお担いになった陛下のご幼少

時、少年期、青年期を、皇后様は度々お思い描きになっていらしたのでございましょう。

思ひゐがく小金井の里麦の穂揺れ少年の日の君立ち給ふ
冬空を銀河は乳《ちち》と流れゐてみどりご君は眠りいましけむ

東宮殿下御誕生日の佳き日に

わたつみに船出をせむと宣《の》りましし君が十九の御夢《おんゆめ》思ふ

のようなお歌の中に、深い愛情をこめてお詠みになっていらっしゃいます。

❖

東宮御所はゆかしさの中にも、明るい活気に満ちた御所でございました。お三方のお子様方は、それぞれの個性をもってご成長になっており、皇后様は限られたお時間の中で、一生懸命に宮様方をお育てでございました。ご公務や宮中の祭祀は、全てに優先されておりましたから、お子様方には何度となく、母宮様にいらしてお頂きになれぬ卒業式や遠足、運動会などがおありになりました。皇后様はこのような時、ご自身のお寂しさがお子様方のお悲しさを増幅しないよう、いつも行き届いた配慮をなさっており、また、このような機会を捉え、公人としての義務のあり方を、ごく自然にお子様方にお教えになっていらっしゃいました。このように皇后様のお心が定まっていくご経験の一つとして、昭和三十七年、熊本慈愛園訪問をお詠みになった、

吾子《わこ》遠く置き来《こ》し旅の母の日に母なき子らの歌ひくれし歌

を拝見することが出来るように存じます。陛下のご配偶、宮様方の母宮となさり、皇后様のこれまでに遊ばしていらしたことは、実に地味なご努力の積み重ねであったと思われます。豊かな天分に恵まれ、繊細さと共に、華ある大きな格を備えたお方でいらっしゃいましたが、そのご日常を支えておりましたのは、全てを受け入れる謙虚な忍耐と、何十年変わることなく国とご家族に向け続けられた深いご愛情であったと思われてなりません。お子様方もそれぞれのご年令で、むずかしい時期をお通りのようでございましたが、問題の解決をお助けに

なるというよりも、悩まれるお子様の傍に、じっと立ってお待ちになる皇后様のお姿が、今最も印象深く私の記憶に残っております。

❖

この度皇后様のご歌集を企画された故・岩野さんは、皇后様の御歌を詠まれては、お歌の脇に短い解説や感想を書き添えていらっしゃいました。その幾つかを拝見させて頂きましたが、例えば前掲の紀宮様ご誕生の折の「部屋ぬちに」のお歌に添えては、

「〝花びらのごと〟が、一首を美しくしています。〝花〟でないのが繊細可憐です。姫宮ご誕生のお喜びを〝夕べの光〟と静かに受け、すやすやとお眠りになるお子様を、花びらのように、美しく、可愛らしくお感じになりました。」

と記されてあり、同じく前掲の「三輪の里」のお歌については、

「大三輪神社（大神神社）の北方に狭井神社があり、毎年四月十八日に、花鎮めの祭が行われます。……花鎮めとは、古来花の咲くころ、花粉が飛び散るときは病気が多いといわれ、その病を鎮めるということのようです。」

と、鎮花祭の意味が解説されており、御歌については「声調が美しく、声に出して朗々と吟じたくなる御歌」と記されております。昭和六十年「雷」の御歌、

稲妻と雷鳴の間《ま》をかぞへつつ鄙《ひな》に幼くありし日日《ひび》はも

には、

「ピカッと稲妻が走った瞬間、ゴロゴロと大音響がするのは、ごく近間の落雷で、ピカッと光ってから、やや間を置いたゴロゴロさまは、少し遠距離だとは、土地の言い伝えです。事実もそのままで、幼い日の美智子さまは、ピカとゴロの間を数えて、安心なさったり、不安になったりされた思い出がおありになるのです。」

と、記されており、ふと微笑まされたことでございました。御夫君の真雄氏が大正十五年、『国訳一切経』（全二百五十五巻）の刊行を目的に設立された出版社の社主として、御夫君亡き後も、学術専門書や詩歌の書の出版に尽くして来られた岩野さんが、その長いご生涯の最後の企画であった皇后様のご本の完成を見ずに亡くなられたことを思い、ここにご遺稿の一部を記録させて頂きました。

❖

皇后様が和歌をお作りになるようにおなりになったのは、終戦直後、まだ疎開先においでの小学生の頃、口語体の愛らしい御歌もまじる幾つかの御歌が、今も侍従職に大切に保存されております。本格的に勉強をお始めになったのは、二十三歳で東宮妃におきまりになり、三番町の宮内庁分室で、各種御進講の一つとして和歌の授業をお受けになった時からでいらっしゃいましょう。先生は、当時東宮殿下の和歌を拝見しておられた五島茂氏夫人美代子さんで、この師弟の御関係は、夫人逝去までの十七年間、甘えのない厳しさをもって保たれ、夫人逝去に当たっては、皇后様の美しい挽歌、

み空より今ぞ見給へ欲《ほ》りましし日本列島に桜咲き継ぐ

が霊前に捧げられました。夫人は一時、歌会始の選者として宮中にお仕えになり、そのお立場上、詠進歌中、当時の東宮妃殿下の御歌のみに言及することはお控えでしたが、皇后様の御資質に期待を寄せ、大切にこれを育まれたお方であったと存じます。皇后様が古典の教養をもたれ、すでに多くの歌に親しんでいらしたことを、夫人は和歌のご指導上、非常に有難かった、とお話しでございましたが、聖心女子学院時代の恩師でいらした大木敦先生も、「奥の細道」、「更級日記」、「土佐日記」と、お一人で古典を読みつがれていた中・高生時代の皇后様のお話をよくなさっておりました。私が上がりました頃は、美代子夫人と源氏の講読をなさっており、御進講室の前を通りますと、時折皇后様の音読を伺うことがございました。この詩歌・文章の音読は、皇后様が宮様方のご教育中特にお心をこめられたもので、三宮様は皆様お小さい頃、志貴皇子の草蕨のお歌や、天智天皇の豊旗雲の御製、平家物語、芭蕉の紀行文等、くり返し音読なさったことをご記憶と存じます。皇后様のお励ましで皆様初等科の頃より和歌をなさり、新年には勅題による歌を詠まれて、昭和天皇にご詠進になっていらっしゃいました。紀宮様がまだここのつくらいでいらした頃、「うすももの　桜の花は

散っていく　わたしの手にも　花びらひとつ」というお歌を作られ、一生懸命お懐紙に書いていらしたことを、昨日のことのように思い出します。

昭和五十三年、美代子師が亡くなられ、皇后様は、佐藤佐太郎氏のもとで和歌の勉強をお続けになりました。佐藤氏も又、静かな情熱を傾けて皇后様のお歌のご指導に当たられ、九年後に逝去されましてからは、同じく歌人であられる志満夫人が、皇后様の御歌を拝見して下さっております。佐太郎氏はその晩年に、「杖ひきて　日々遊歩道ゆきし人　このごろ見ずと　何時人は言ふ」と詠まれましたが、氏の亡きあと、皇后様は、

静けくも大きくまししし君にして「見ず」とはいはず亡きを嘆かむ

とお詠みになり、その逝去をおかなしみになっております。

先年、歌人岡井隆氏は、戦後五十年の歌百首を選んで「現代百人一首」を編まれ、その一首に浩宮様の加冠の儀をうたわれた皇后様の御歌、

音さやに懸緒《かけを》截《き》られし子の立てばはろけく遠しかの如月《きさらぎ》は

を採られました。この御歌は、それに先立つ長歌の反歌であり、岡井氏は、この長歌にもふれつつ、

「歌はわが子の成人を祝っているのだが、そのわが子は皇位継承者なのであるから、おのずから調べは厳かに、しかも不思議にそこにある喜びが言葉を活き活きとさせている……こうして美智子妃の長歌を読むと、万葉以来の大歌の伝統が生きている思いがする。」

と、解説に述べておられます。また、

「本来美智子妃の歌は、言葉に緩みがなく、思いに甘えがなく、適度の緊張感をもってうたいきる方式である。」

と記され、一例に、

風ふけば幼《をさな》き吾子《わこ》を玉ゆらに明《あか》るくへだつ桜ふぶきは

をあげておられました。

皇后様の御歌につき書かれたものは、これまであまり多くはございませんが、この他活字に記され、私の目にいたしましたものに、皇室の歌会始を世界に紹介する最初の本を著わされたマリー・フィロメーヌ教授の「お歌にみられる皇后さまのお心」（平成二年十月十七日、産経夕刊）と、「御歌集ともしびの英訳」と題し、文芸春秋に八頁にわたり掲載された、斎藤正子教授の一文がございます。また、歌人で歌会始の選者も務められた故・上田三四二氏は、そのご晩年、両陛下のご歌集『ともしび』に対し、心のこもった感想のお便りを東宮職にお宛て下さいました。私信であり、多くを引用することは控えますが、お便りの末尾に、

「歌はそのまま思い出であり、歴史であると思います。『ともしび』は、両殿下のみ心の歴史です。そして作者と読者、不遜な申しようながら、人と人とを、歌ほど近づける

ものはありません。『ともしび』は、私を両殿下のすぐ近くにまでよびよせます。大方の読者も、そのように拝読することを疑いません。」

と記され、皇后様のご歌集中、とりわけ感銘深い御歌として、

子に告げぬ哀《かな》しみもあらむを柞葉《ははそは》の母清《すが》やかに老《お》い給ひけり

を挙げておられました。この柞葉のお歌に関し、最近、この御歌の発表された同年の二月、朝日歌壇に宮柊二氏の採られた東京都の棚田さんと申されるお方の、「忘れいし　歌また詠まんと　ちかいたり　美智子妃のお歌　心にしみて」の一首のあることを報せてくれた人があります。宮氏の選者評を読み、この作者が新年歌会始の東宮妃殿下の御歌を拝見し、「三十年来遠ざかっていた作歌をまた励みたい気持ちになった」と付記して投稿されたお歌であることを知りました。マリー・フィロメーヌ教授も先述の記事の中で、日本の皇室と国民との間に、歌を介した美しい、次元の高い交流がある、と記しておられましたが、歌のもつ不思議な働きを思い、上田氏が病苦の中で書き記された言葉を改めて想起したことでございました。

平成五年と六年に、両陛下が相次いで還暦をお迎えになり、お仕え申し上げました頃のことも、今ははるかな日々に思われます。先年、皇后様のご還暦をお祝いして、ＰＨＰ社が出版した美しい記念のアルバムの巻末に、皇后様の平成五年一年間の御日程が表記されており、最近の御生活が国内的にも国際的にも、以前に増してお事多いことを知りました。どうかお健やかにお年を重ねられ、これからも、御自身の、そして国や世界の歴史を、日本の美しい和歌により、お記し下さいますよう願っております。

名を呼ぶはかくも優しき宇宙なるシャトルの人は地の人を呼ぶ

恐らくは、シャトルの毛利飛行士と、地上の内藤さん、土井さん方との間で、お互いの名を呼び合いつつ交された会話をお詠みになったものでございましょう。又、ソビエトや東欧の変革を、

あたらしき国興《おこ》りけり地図帳にその新しき国名記す

とお詠みになった御歌もあります。皇后様の御歌に詠まれる対象も、これから更に広がりを持つことでございましょう。

両陛下の末長いご健康と、皇室の弥栄をお祈り申し上げます。

平成八年十一月

元女官長　松村淑子

御歌集『瀬音』新装版刊行に寄せて

皇后さまの御歌集『瀬音』が、多くの方々のご要望に応じ、この度新装版として出版されることを伺い、この美しい御歌集の編纂に関わらせて頂きました日々のことを、懐しく思い出しております。

昭和から平成へと御代が移ってまもなく、松村淑子元女官長のおあとを受けて御所に上がりましたのが平成二年。大東出版社の社主、岩野喜久代さんから「生涯最後のお仕事」として、皇后さまの御歌集を編ませて頂きたい、とのお話しをお受けいたしましたのは、ご即位礼と大嘗祭、伊勢神宮御参拝、神武天皇、孝明天皇、明治天皇、大正天皇、昭和天皇の各御陵へのご報告、と一ヶ月以上に亙り間断なく続いたご即位関連の諸行事を全てお果たしになった両陛下が、御休養のまもなく、平成の御公務多い日常を軌道におのせになって後の、平成七年のことでございました。

その後間もない平成八年三月、岩野さんが九十三歳で御逝去、お跡を継がれた岩野文世さんから改めて「母の晩年の望みをかなえたい」とのお気持ちが伝えられ、私ども慣れぬことながら、心をこめてお手伝いさせて頂きました。まだ上がりまして年月を経ぬ私にとり、両陛下御成婚時に始まる数多くの御歌を拝読させて頂きましたことは、その折々の皇后さまのお姿にお直《じき》に接しますようで、この尊いお作業を通じ、奇しくも皇后さまのお心の深みに近々と寄らせて頂くという、得難い経験を頂いた日々でもございました。真直な清やかな御詠草の一つひとつは、どれも誠に皇后さまご自身、その御日常そのままを反映しており、御一緒に御歌を選びつつ、皇后さまのお心のありよう、ご年令と共に深まるお心の深まりや広がりにも触れさせて頂くことが出来ました。

国民学校五年生の時、疎開先で始めて歌をお詠みになって以来、『瀬音』編纂の頃までの皇后さまの御歌の歴史と、御生活の背景につきましては、この度の新装版の巻末にも「御歌集『瀬音』の刊行に寄せて」と題し、初版に当たり私の前任の女官長が記しました行き届いた一文が収められておりますので、そちらをお読みくださいませ。私はただ皇后さまの御詠草が、この御歌集にお収めした数をはるかに超えて多く、誠に残念な思いで、沢山の心ひかれる御歌をおはずしせねばならなかったことを記させて頂きます。御成婚後五年程で昭和天皇の御所の月次《つきなみ》歌会にお加えられになり、以後自由詠の他、御喪《おんも》等により御詠進のかなわぬ期間を除き、毎年少くとも十五首の御歌を陛下にお捧げになっていらっしゃいました。十二ヶ月の各月に加え、天皇、皇后両陛下の御誕辰、文化の日の御題詠でございます。これに新年歌会始めの御詠進を含めますと、年間少くとも十六首の御題詠が四十年を超え、とぎれることなく献ぜられており、三度のご出産、国内外の御旅行の月も、一度としてお欠かしになっていないことに驚きと感動を覚えたことでございました。

皇后さまの御歌のめでたさは、御歌が広く人々に読まれるにとどまらず、その内の何首が、深い共感をもって少なからぬ人々により記憶され、口ずさまれていることでございましょう。お会いする方々が、皇后さまの御歌の一節や全体を優しく口ずさまれ話題にされます時、私は心より嬉しゅうございます。

なお、御歌集の完成近く、お題をどのように、とお伺い申上げましたところ、しばらくお考えになり、「瀬音かしら、」と仰せで、関係者にも諮り決めさせて頂きました。

わが君のみ車にそふ秋川の瀬音《せおと》を清《きよ》みともなはれゆく

ある人が、御歌会の日のテレビでこの御歌を拝聴し、「これは恋の御歌だ」と申されたと耳にいたしましたが、陛下をおしたいになる皇后さまのお心がしみじみとうかがわれ、この御歌集にふさわしい御題と存じました。

かつてその大部の著書により、宮中の歌会始めの儀を世界に紹介した仙台白百合短大のマリー・フィロメーヌ教授は、平成の始め頃、新聞社の求めに応じて皇后さまの御歌にふれた一文を寄稿されていますが、その文末を一首の御歌を引き、次のように閉じておられます。

「最後に、お心の輝きがみなぎるような一首、この日本という海上に浮かぶ列島を、深い愛情をこめて詠われたお歌を挙げます。


岬みな海照らさむと点《とも》るとき弓なして明《あ》かるこの国ならむ　（昭和五十二年）

岬という岬の灯台が海にむかって光を投げる時、弓状に照る日本列島の美しさ。日本は、本当に美しい国です。そして、その国土や自然、人々の美しさを、皇后さまは優しく見いだされ、認め（アプリシェイト）、讃嘆され、それをお歌の中で更に強い現実とし、永遠化していらっしゃるのではないでしょうか。日本の国のこの上ない幸せを思わずにはいられません。」

『瀬音』が編まれましてから十年、この歳月の間にも皇后さまは沢山の御歌をお詠みになっていらっしゃいました。『瀬音』後の御詠草が、再び美しい御歌集として編纂されます日を多くの方々と共にお待ち申上げております。

両陛下の幾久しきお幸せと皇室の弥栄を、心より祈念申し上げつつ。

平成十九年四月

元女官長　井上和子

御歌集『瀬音』増補改訂版刊行に寄せて

皇后陛下御歌集「瀬音」が出版されましたのは、平成九年の春でございました。箱に入っていて、松村篠舟さんの筆になる題字「勢於登《せおと》」が薄いわさび色の表紙に黒で捺された、美しい、品格のある御本を、今でも大切にいたしております。この御歌集の編纂には井上和子元女官長が当たっておりましたが、私も女官の一人としてお手伝いをする機会に恵まれ、皇后さまの御歌の数々を身近に拝見することが出来ました。因みに、この時の御本の後書きは、井上女官長の前任者で昭和四十四年から平成二年まで皇后さまの女官長を務めた松村淑子女官長が、御歌集発行の行立《ゆくたて》、皇后さまの御所での御生活などにつき、誠に行き届いた一文を記しております。

それから十年を経た平成十九年になって、多くの方々から寄せられたご要望に応え、この御歌集の新装版が出版されました。一回り小さい柔らかな表紙に、題字も「瀬音」という活字印刷で、持ち運びに便利で、手にとって読みやすい、簡素で親しみのある装丁の御本でございました。

二つの御本に収められた御歌は、いずれも、ご成婚から平成八年までの三十八年の間にお詠みになった三百六十七首でございました。新装版「瀬音」の巻末に井上元女官長が、「『瀬音』後の御詠草が、再び美しい御歌集として編纂されます日を多くの方々と共にお待ち申し上げております。」と、その時の私ども皆の願いを代表するように記しておりますが、今や、その新装版「瀬音」の出版からも、実に十年以上の歳月が流れたことになります。

そのような次第で、この度、平成九年から平成三十一年までの間にお詠みになった九十二首が加えられた新しい御歌集が出版されますことは、本当にうれしく、心からお慶び申し上げます。

新たに加えられる御歌を拝見いたしますと、まず、自然災害に関してお詠みになったものが数多いことに気付かされます。この二十年余りの間には、犠牲者が六千人を超えた阪神・淡路大震災、地震と津波による甚大な被害をもたらした東日本大震災をはじめ、各地で地震、台風による土砂崩れ、洪水などの自然災害が数多く起こり大きな被害が生じました。両陛下は、これらの災害が起これば、許される限り早く被災地に赴き、家族を亡くし、あるいは家を失って茫然自失している被災者の傍らに立って、その声に耳を傾けられ、その悲しみや苦しみに寄り添おうとなさっていらっしゃいました。また、再建・復興が始まればそれを見守り、何年か後にあらためて現地を訪れて人々と再会してこられました。

笑み交《か》はしやがて涙のわきいづる復興なりし街を行きつつ

何事もあらざりしごと海のあり　かの大波は何にてありし

草むらに白き十字の花咲きて罪なく人の死にし春逝《ゆ》く

今ひとたび立ちあがり行く村むらよ失《う》せたるものの面影の上《へ》に

ためらひつつさあれども行く傍《かたは》らに立たむと君のひたに思《おぼ》せば（熊本）

また、この時期の御歌の中には、さきの大戦のことを決して忘れることなく、戦没者の慰霊を心をこめて続けていこうとなさる両陛下の強いお気持ちから出たものがいくつもございます。その中から、ここでは、平成十年の英国ご訪問に際して、日本軍の捕虜となった元英国軍人の激しい抗議を受けられながら、ひるがえって、戦陣訓に背いて「虜囚」の身とならざるを得なかった我が国の旧軍人の苦しみを思われて詠まれた一首と、戦後六十年の年となった平成十七年にサイパン島で戦没者の慰霊をなさった折に、激しい戦闘に追われて島の北端の高い崖から自ら海に身を投じた人々のことを思われて詠まれた御歌を掲げさせていただきます。

語らざる悲しみもてる人あらむ母国《ぼこく》は青き梅実る頃

いまはとて島果ての崖踏みけりしをみなの足裏《あうら》思へばかなし

御歌の主題は、その他に、スポーツに全力を傾ける若者たち、最先端の技術によって宇宙に挑む人々、イスラム過激派タリバンにより爆破されたバーミアンの石仏、アパルトヘイト法の廃止、ベルリンの壁崩壊、バルト三国の独立、オランダの白夜に立つ戦没者慰霊碑、カブールの乙女たち、花や木や虫などの自然をはじめ、誠に多岐にわたっており、ご興味、ご関心の広さ、深さに驚かされます。

皇后さまのご家族にも、お喜びのこと、ご心痛のこと、お悲しみのことなど、沢山の出来事がおありになりました。お孫さま方のご誕生とご成長、清子《さやこ》さまのご結婚と、どのことも大切な大きなお喜びのうちに御歌をお詠みになっておいでになり、それらの御歌は、親、子供、孫を持つ多くの人々に、深い共感を呼び起こしたと存じます。香淳皇后と高円宮殿下の薨去の際の御歌もございますが、昇華されたお悲しみに深く胸を打たれます。

この間、天皇陛下には大きなご手術を二度もお受けになりましたが、皇后さまのご心労はお察し申し上げるに余りあるものがございました。この時のみならず、昭和、平成の御代を通じて陛下をおそばでずっとお支えになっていらっしゃいましたこと、どんなにか重いお役目でいらしたかと拝察いたしますが、ほかの誰にも出来なかった大きな、大きなお仕事でございました。

ことなべて御身《おんみ》ひとつに負《お》ひ給ひうらら陽《び》のなか何思《なにおぼ》すらむ
自《みづか》らも学究《がくきう》にまして来給へりリンネを祝ふウプサラの地に
癒《い》えましし君が片へに若菜つむ幸《さち》おほけなく春を迎ふる
語るなく重きを負《お》ひし君が肩に早春の日差し静かにそそぐ
君とゆく道の果たての遠白《とほしろ》く夕暮れてなほ光あるらし

最後に、お若い日のあるご旅行を思い出されてお詠みになったであろう次の一首を、掲げさせていただきたく存じます。

夕茜《ゆふあかね》に入りゆく一機若き日の吾《あ》がごとく行く旅人やある

この二十年余りは、お身の回り、我が国、世界に誠に多くの事が起こった年月でございました。御歌を拝見しておりますと、その一つ一つが思い出され、また、それにも増して、この間に両陛下がお背負いになっていらしたものが如何に大きな重いものであったかを痛感するのでございます。

最初の瀬音、その後の新装版、それぞれの出版のお手伝いをいたしました頃を遠い昔のようにも、つい先ごろのようにも思いながら、新しいご本ができましたことをお喜び申し上げております。平成十八年発行の新装版「瀬音」の後書きで、井上元女官長が記しておりますように、この度の増補版に加えられた御歌の幾つかもまた、詠まれる方の心に余韻を残し、いつか自然と口ずさまれていくことでございましょう。

皇后さまが、このお後《あと》も、陛下とお揃いでお健やかにお過ごしくださいますよう祈り上げております。

平成三十年十二月

前女官長　濱本松子

写真提供・写真協力
（掲載順）

宮内庁

熊本県

日本赤十字社

共同通信社

宮城県

皇后陛下御歌集

瀬《せ》音《おと》

増補改訂版

平成9年4月10日初版発行
平成19年10月20日新装版発行
平成31年3月29日増補改訂版発行

企画・編集
大東出版社

発行者
岩野文世

発行所
株式会社大東出版社

〒113-0001
東京都文京区白山1-37-10
TEL 03-3816-7607
振替 00130-8-57207

ブックデザイン
鈴木一誌＋下田麻亜也

印刷・製本
株式会社フクイン

PrintedinJapan2019
ISBN978-4-500-00773-8 c1092
乱丁・落丁はお取り替えいたします。